文芸社セレクション

狂育者たち

平塚 保治

JN126945

文芸社

すべての不登校生に捧ぐ

「もちろん、おれはちっとも驚かなかった。だって、そんな質問に答えられるやつなんかいやしないい」

ジム・トンプソン作
「ホップ1280」より

この物語はフィクションであり、実在する人物や団体などとは関係ありません。

1

標高のやや高い辺りは、切り取られた写真を強力な接着剤で、青空に張り付けたみたいに、山頂から山肌に沿って、なだらかな輪郭が鮮やかに浮かび上がっていた。後部座席の窓から首を斜めにして見上げながら、山ってこんなにきれいだったのかと思った。家の窓を開けてもこんな景色は飛び込んでこない。だから余計に素晴らしく見えるのか、それとも家に帰れないと諦めてしまったからなのかは、わからなかった。できるものなら、周りがパッとしない景色であっても、自分の家のベッドで眠りたい。

しばらく絵葉書にでもしたい風景の中を走った後に、不似合いな建物が見えてきた。ワタルは大きくひとつ息をした。

後部座席からもフロントガラス越しに見えた建物は牢獄にしか見えなかった。助手席で黙って前を見ていた母親が、ハンドバッグから折りたたんだパンフレットを出した。そこには訪問する日時が書かれてある。一昨日に居間のテーブルの上で見つけた時、やっぱり連れてこられるのだとわかった。

国道から左に曲がって緩やかな細い坂道を下りていった。いったん建物が視界から消えた。道の両側には「走行注意」「通学路」と書かれた小さな標識があった。かなり古いものだった。次に目についたのは、赤いランドセルを背負った小さな女の子が、手を挙げて道を渡ろうとしている看板だった。その女の子は可愛いというよりも不気味だった。暗がりで目にしたら、ぞっとする目つきをしたおかっぱ頭の女の子だった。今どきこんな髪型をした女の子はいない。

いかにも田舎らしい平屋が並んでいた。半分以上は雨戸が閉まったままで、敷地内は雑草だらけだった。人が住んでいないのだろう。

こういうのを何と言うんだっけ。都会にどんどん人が出て行って、住民が少なくなった地域のことを何と呼ぶんだっけ。のど元まで出かかっている単語が出てこない。嫌な感じが残る。もしも、到着するまでに思い出せたら家に帰れる。そう験を担いだ

ワタルは頭をフル回転させた。

人が少なくなる地域のことだ、幽霊地域、そんなのではない、なんだっけ。

平屋の家の列が途切れたら、見えなかった建物がフロントガラスのど真ん中にどんと現れた。

あ～着いてしまう。何だっけ、幽霊……幽霊が頭から消えない。幽霊なんとかじゃ

ない。別の言い方だ。クソ、思い出せない。

車がゆっくりと正面から駐車場の外来者用と書かれたスペースに向かった。

何と言うんだっけ、密集、密度、なんとか化って言うんじゃなかったっけ……車が外来者スペースに入った。父親がブレーキペダルを踏んで、車を停めてサイドブレーキを引いた。シートベルトを外して鞄を持った母親が助手席のドアを開けた。

時間がない、何とか化だ、……過疎化だ、そうだ過疎化だ。思い出せた、思い出せた、だから、きっと……。

エンジンが止まった。

「ワタル、荷物を持って降りなさい」母親が言った。

ワタルは後ろのドアを開けて外に出た。

実際に見上げた周りの風景は、車内から見えた以上に鮮やかで、まるで山が飛び出してきたみたいだった。緑がさらに濃く感じた。

「わあ～きれいな山ね～」と思わず母親が声を上げた。その言葉につられて父親は目を細めながら周りを見回して言った。「ほんとだ、きれいなところだ」

近くに清流があるらしく、せせらぎの音も聞こえてきた。

キャンプならいいのに、それなら妹もいるはずだし、黒柴のグー吉も喜んで走り回っているはずだ。彼らがいないってことは、やっぱりキャンプじゃない。ワタルは、ちゃんと〝過疎化〟を思い出したぞ、と心の中でつぶやいた。トランクに入れていた大きなスポーツバッグを担いだ。

似合わない、いや必要ない。周りの景観に、この建物は邪魔ものでしかない。

外壁は水垢で汚れていて、毛むくじゃらの野生動物に付いた目脂みたいに、汚れた線になって灰色の壁を滴り流れていた。いくつものその黒い線が、窓の隙間をくねくねとミミズみたいに壁を這っていた。三階建ての屋上には鉄柵があって、錆びているのが駐車場から見上げただけでわかった。その柵の途中はV字型に凹んでいて縄ロープで何重にも結ばれていた。とても太いロープだが、どす黒く変色していた。一瞬だが、誰かがそこに立っているようにも見えたので、もしかしたらあそこから飛び降りた人がいるんじゃないだろうか、とワタルは思った。そう思って見上げると薄気味悪かった。

三人は正面玄関に向かった。

父親が玄関の分厚いガラスドアをあけて入り、すぐに母親が続いた。大きなスポーツバッグを持ったワタルはその後から建物に入った。履き物を脱いで、下駄箱に入れて、交換するようにして中のスリッパを取り出して履いた。

正面の壁に『御用の方は二階の職員室までいらしてください』と張り紙がしてあった。父親が先に階段を上りだした。ワタルはもう一度、〝過疎化〟を思い出したんだぞ、と思った。

ひんやりしていた。

抱いていたイメージの通りで、中は牢獄みたいだった。もちろんそんな所には行ったことなどない。外国映画で見たオレンジ色のツナギを着せられた、刺青だらけの屈強な囚人たちが、頑丈な鉄格子の内側から陰鬱な視線を投げかけてくる。そんな目はここにはないけれど、それに近い圧力みたいなものが薄汚れた壁から伝わってきた。

《ほう、おもしれぇ～新人さんか～》なんて言う声が今にも聞こえてきそうだった。

二階に上がって、父親が職員室の横開きのドアをノックしてから開けると、何人かの先生たちがすっと立ち上がった。

「本日からお世話になります、小林ワタルです」と父親が言った。

「こんにちは」若い男性の職員が対応してくれた。彼はすぐに三人のところにやってきた。胸には岩木と書かれた名札がピンで留められていた。幼稚園児がつけるような名札だった。

「どうぞ、こちらです」そう言って、先に立って廊下を歩きだした。ワタルたち三人は後に続いた。

　刑務所のイメージは少し薄れたものの、それでも消えはしなかった。床はよく磨かれていて艶が出ていた。右側に教室が並んでいて、壁にいろんなポスターが張られていた。英語検定、漢字検定、地域の安全にＳＤＧｓを勧めるポスター、そして美術の授業で制作したらしいデッサン画がいくつか飾られていた。

　ひたひたとスリッパの音だけが響いた。

　左手の駐車場側には本棚が並んでいて、その上には大きな窓が先まで続いていた。本棚には百科辞典みたいな分厚い本がずらりと並んでいて、どの本にも埃が溜まってカバーも変色していた。もう何年も放っておかれているのが一目でわかった。

　また、刑務所のイメージがぶり返してきた。くるぶしに鉄球をつながれた囚人が、壁にもたれかかったまま、何人も腰を落として俯いている。物音がしても、人が近づいてくる気配がしても、彼らは何の反応もない。どうあがいても逃げることはできない。できることはあきらめることだけだ。

　白髪まじりのぼさぼさの髪をかき分けて、ひとりの不健康に痩せこけた囚人が、その薄汚れた黒い顔を上げてワタルを見た。睨むわけでも、微笑むわけでもない。ただじっと見つめてくる。《お前もか》彼はそう言って、少しだけ口元を緩めた。無機質で重たい目をしたその囚人をワタルは追いかけるように見つめた。囚人が壁に消えていくと同時に、閉塞感がじわりと大きくなってワタルを包み込んだ。

校長室に入ったら逃げられない。入らなくても逃げられるわけがない。もうしばらくはグー吉にも会えない。やっぱり連れてこられた。せっかく〝過疎化〟を思い出したのに何も変わらない。

残暑がまだまだ厳しい九月の終わりだが、校舎内はどこか冷えていて、冷気が足元からじんわりと這い上がってきた。

ワタルは立っていたというよりも、付録みたいに両親の背後に隠れていて、絶対に離れたくない気持ちがありありと表れていた。たとえ数時間前に、行きたくないと自宅の柱にしがみついていた彼を、無理やり車に押し込めた親であったとしても、いま頼れるのは他にいなかった。ちょうどサバンナで生まれたばかりの草食動物の赤ちゃんが親のそばを離れないのと似ていた。

〝過疎化〟を思い出したのに、とまたワタルは思った。

案内してきた岩木が校長室のドアをノックした。

「失礼します。小林さんがこられました」

「はい、どうぞ」

ドアが開くと、部屋の奥の大きな窓から差し込んでいた陽差しが、中央に置いてある低いガラステーブルに反射して、その光が束になってワタルに当たった。ゲームに出てくる銀色のビームが飛んできたみたいな閃光に目が細くなった。

「失礼します」

そう言って一礼をしてから父親が部屋に入った。その後に母親も控えめにお辞儀をしてあとに続いた。そしてワタルは頭を少しだけ下げてから入った。ホテルのドアボーイのように岩木がドアを丁寧に閉めた。

その音がワタルの脳裏に残った。ガラスの花瓶をかなり高い場所から落として、粉々になった時の音に聞こえた。花瓶が落ちていく画像は真上から撮られたもので、無音の中をスローモーションで落ちていき、最後は花火のように丸く砕け散っていった。もうこれで逃げられないぞ、と宣告された嫌な響きだった。

聞いたことがある音に思えた。どこでだったのか、いつだったのかは思い出せない。答えはすぐそこまでわき上がってきているのだがわからない。〝過疎化〟は思い出せたのにその音は思い出せなかった。目覚めた直後に、今しがたまで見ていた色のついた夢が、どんな筋だったか思い出せないみたいだった。断片的な記憶もあいまいで言葉で説明できない。

「遠いところをわざわざすいません。どうぞおかけください」

そう言って上川は三人に中央にあるソファを勧めて、自らも大きなデスクから立ち上がった。

エスペランサの創設者である上川優は温厚な笑顔を見せて小林一家を迎え入れた。あと二年で古希を迎える。やや太り気味にもかかわらず、足腰もしゃんとしていて、声にも張りがあった。彼はガラスのテーブルをはさんで父親に名刺を差し出して、ソファに座るように促し、ワタルの両親が座ってから腰を下ろした。

ワタルの父親は四十代半ばで薄手の黒のタートルネックセーターにグレーのズボンをはいていた。身長は一メートル八十以上あって、プロスポーツ選手ではないかと思えるほど胸板が厚く、背筋がすっとした美しい姿勢をしていた。ずっと剣道をしていて、若い頃には県の強化選手にも選ばれたことがある。

母親の方は品のいいベージュ色のスーツを着ていて、父親とは対照的に小柄で控えめな感じの女性だった。うつむき加減のその姿勢には息子が不登校になった責任のすべてを背負い込んでいるかのように、悲しさの深さを醸し出していた。

校長室のソファの座り心地はそれほどよくない。エスペランサが廃校になったこの校舎に移ってきた十年前に譲り受けたもので、ガラステーブルも一緒にもらってきたものだ。移転が決まった公民館で使っていたもので、処分に困っていた町は上川が引き取りたいと申し出ると、二つ返事で許可してくれ、その日のうちにここまで運んできてくれたのだった。

「ワタル君も座ってくれるかい」

ソファの端っこにワタルはちょこんと座った。

教室ほどの広さの校長室には大きな本棚が並んでいた。「不登校生の声を聞く」「引きこもっている君、そろそろ出ておいでよ」「学校ができる不登校対策」などといったタイトルが目に入った。

その他に年度別にわけられた分厚いファイルがいくつもあった。平成から令和まで順番に並んでいる。表には「〇〇年度　生徒ファイル」と書いてあった。在籍していた生徒についての書類が綴じられているのだろう。将来、自分もそこに綴じられるのだろうとワタルは思った。

どんなことが書かれるんだろうか。不登校が直らずに、要注意人物として、黒い星印がたくさん付けられるのではないだろうか。

ソファのすぐ横の壁の上部から上川が使っている大きな机の後ろにかけて数枚の額が並んでいた。それらはドラマなどでよく見られる、老舗企業の社長室に掲げられた歴代トップの肖像画などではなく、集合写真が一枚と運動会の様子を写したものが二つ三つ飾ってあるだけだった。集合写真は、体育館の舞台を背景に撮られたもので、綺麗に額に収められていた。光沢があったけれども、その写真はどこかピントがずれているようだった。机の後ろには月の予定が書かれてあるホワイトボードがあった。

ワタルはただぼんやりと室内を見回した。

事務員の女性がお茶を持ってきた。

「どうぞ、あがってください」上川がお茶を勧めた。あらためて両親は頭を下げて湯飲みを手に取った。一息ついてから、上川はエスペランサの説明と現在の学校についての話をし始めた。

スペイン語で『希望』を意味するエスペランサと名付けたこの学校は、不登校生の自立支援を目的とした学校法人である。中等部と高等部があって、現在の生徒総数は五十名ほどだった。その内四十人ほどが寮生で、通学生が十名ほどいる。

最初は全寮制でと考えていたが、途中から通いの生徒も入れていくことになった。やはり寮に入るというのは、不登校や引きこもりの子どもにとってはかなりハードルが高い。なんだかんだと小言を言われるものの、勝手がきく自宅の方が居心地はいいのは当たり前で、実際に親は入学させたいのだが、本人がどうしても寮が嫌だということで、入学しなかったケースは多い。

不登校生が苦手とする他人との関わりやコミュニケーション力を養うことや、集団生活を通して社会性を育むことに、寮生活はそれなりの効果を上げている。だから上川は全寮制を基本としていた。しかしながら、経営的には生徒を集めることを優先せざるを得ず、そのために通学を希望する生徒に対しては認めるようになった。

彼らは基本的に町のコミュニティーバスを利用するか、自家用車で送ってきてもらうかして通学する。かなりの山間にあるので最寄駅からここまでバスで四十分は楽にかかる。しかも田舎のことなので本数は多くはない。だから、バスを利用するより自家用車でここまで来る通学生が多かった。

毎朝、かなりの時間をかけて子どもを送ってくるのは大変だけれども、学校に通うならば、と親は無理してでも送ってくる。中には祖父母のどちらかが運転してくる家もあった。

エスペランサがある地区は限界集落で、三百名ほどが住んでいるだけだった。そのほとんどが老人だった。子どもも少ない上に過疎化が進み、唯一あった小中学校も市街地の学校と統合され、十三年前に廃校となった。

当時、エスペランサは同じ町内でフリースクールとして活動していた。そのこともあって移転の話はすんなりと進むと思われた。しかし、いざとなると、不登校生はナイフを隠し持っているとか、何をしでかすかわからない危険な子どもだ、と思い込んでいる住民が多くいた。

上川をはじめスタッフは移転の前からともかく地元の人々との交流を繰り返し行った。運動会や文化祭、夏祭りなどを通じて、そうした不登校生の悪いイメージを、玉ねぎの皮を一枚ずつはがしていくように取り払っていった。そして支援してくれている企業の力添えで町との政治的なパイプもしっかりと作っていった。当時からエスペランサの活動を認めてくれ、応援してくれていた地元の人が町会議員になったことをきっかけに、移転の話が一気に進んだのだ。

それから十年の間にエスペランサはフリースクールから学校法人となり、不登校支援の全寮制の私学として認められ、学校に行けなくなった子どもたちが集まってきた。

エスペランサでは、俗にいう不良と呼ばれる反社会的な生徒は一切入学させなかった。誰の言うことも聞かず、あらゆる大人に反抗し、問題ばかりを起こす子どもを持つ親にとって、全寮制という枠組みは少々お金がかかっても理想的な環境だった。少なくとも入学させれば、もう家で煩わされることはないし、責任を学校に押し付けることができる。だからそうした子どもを持つ親からの問い合わせはなくならない。電話やメールの場合なら、学校の意図を伝えて事前に断れるのだが、いきなり荷物を持って訪ねてくる親もいた。もちろん上川は一切の入学を認めなかった。

とにかく子どもから解放されたいと望んでいる親なので、いくら断ってもなかなか納得しなかった。中には怒り出す者もいるぐらいだった。そんな身勝手な姿を目の当たりにすれば、子どもはますます親を恨み、憎み、反抗を繰り返すしか道がなくなる。そんな親子の先には悲惨な出来事しか待っていない。

エスペランサが主に支援しているのは、神経症と呼ばれるタイプの子どもたちで、いじめを受けたり、虐待されたりして、人と関わることができなくなった子どもたちだった。

発達障害や自閉症などで周りとうまくコミュニケーションが取れない、人前に出ると極度に緊張してしまい何もできずに固まってしまう。そういった子どもたちを、まずそのまま受け入れて生活を共にしていく。そのうえで人との関係を一から学び直し、集団生活が送れるように支えていく。それがエスペランサの基本姿勢だった。

ワタルはやや身体を前かがみ気味にして、ひざの間に両手を入れて、左右の指をからみ合わせていた。不安と焦りだけが入り混じった感情が全身からその細い指先に集まってきた。いつの間にか細かく動かして絡み合わせた指先は、熱めのお湯にしばらく浸けていたみたいに赤くなっていた。

無駄だとわかっていても、まだ〝過疎化〟の見返りを期待していたので、自然と指に力が入った。

両親と上川が話をしているあいだ、ワタルはずっとうつむき加減のままだった。からめた指だけが微妙に動き続けていて、上川の方に視線を向けることはなかった。何とか家に帰れますようにとまだ祈っていた。絶対に叶わないことだとわかっていたけど、他にできることは何もなかったのだ。

誰が悪いのか。ワタル自身が悪いのだ。以前のように普通に学校に通っていれば何の問題もなかったのだから。

毎朝、母親にあの手この手で無理やり起こされて、静電気でしびれたような頭髪のまま洗面所に行って歯を磨いて顔を洗う。すでに登校の準備が整っている妹の横に座って、用意されたトーストにバターをぬって一口かじりつく。ジャニーズの写真が当たったと自慢する妹に『うぜぇ』とケチをつけて、つまらない口喧嘩をはじめる。すると『もう、二人ともごちゃごちゃ言ってないで早く食べなさい』とイライラした母親から注意されると、ご馳走様も言わずに再び洗面所に立つ。そして時間をかけて頭髪をいじりだす。お気に入りの女の子の顔を浮かべながら格好をつける。『遅れるわよ、何やってんの』と鏡に入り込んできた母親がまた叱る。しかたなく部屋に戻ってカバンを持って玄関に行く。スマホでラインとメールをチェックしながら靴を履いて『行ってきまーす』と気持ちのこもっていない声を出して玄関を出る。学校についたら、めんどくさいなと思いながら教室に行く。そして昨日と同じ一日が始まる。なんてことのない、目立つことのないワタルの一日。そうやっていつものように過ごしていればそれでよかったのだ。

ワタルはクラスの集合写真を撮るときに、中央にたって仲間たちと笑顔でピースサインをするタイプではない。知らぬ間に一番後ろの端にそっと立っていて、猫背気味の身体の半分だけが写るように、前に立っている者の後ろに身を置く子だ。カメラマンがシャッターを切る前に担任が『小林はいるか』と声を上げて確認する。そんな生徒である。

現在の家での様子や生活状況、通っていた学校の対応や担任からの連絡など、こまごまとした話を主に母親が説明していた。その間、父親は厳しい顔つきを崩さないままで、膝の上に置いた両こぶしは握ったままだった。ワタルは俯いたまま、指だけを動かしていた。いま話をしているのは自分のことであるはずなのに、まるで見知らぬ誰かの話を聞いていている気がした。

家でのワタルはゲームやパソコンにどっぷりと浸っているわけでもなく、バリケードを作って自室に誰も入れないようにしているわけでもない。グー吉の散歩もするし、頼めば家事も手伝ってくれる。よく口喧嘩はするものの、妹との仲も悪くはない。また、小林家ではできるだけ夕食は家族全員でとるように心がけていた。それは一人っ子だった父親の意向だった。

つまり、小林家はごく普通のなんら問題のない家族であり、話を聞けば聞くほどホームドラマに出てくるような理想的な家庭だった。

「何が原因だったのかな、学校に行けなくなったのは」

初めて上川がワタルにやさしく声をかけた。

ようやく顔を上げたワタルは答えることはなかった。ほくそ笑みながら上川は小さく頷いた。想定内である。初めて会った大人から質問されて、すらすら答えられるような不登校生などいない。

「ワタル、返事ぐらいしなさい」

「いいですよ、お母さん。ゆっくりいこうね、焦ることはないからね」

「すいません」

あらためて上川はこの色白の少年を見つめた。

一見してスポーツとは縁もゆかりもないタイプだった。細身な上に肩幅は狭く、筋肉質でもない。身長が百七十センチぐらいだから中学二年としては大きい方だ。しかし、覇気というか、エネルギーみたいなものがまったく感じられなかった。両足を抱え込むようにして座り、猫背気味の上半身はやや前のめりになりながら、首だけが前を向いている。まるで、つかまって連れてこられた気の弱いコソ泥が、観念して処罰を受けるのを待っているかのようだった。

長めの前髪で眉毛までをしっかりと覆い隠していた。そのストレートに下ろした前髪は、できるだけ誰とも目を合わせたくない意思の表れだろう。こういうタイプの子どもがマスクをしていないのが上川には不自然に思えた。たいがいの場合、この手のタイプの子どもにとってマスクは必需品だ。もしかしたら親から外せと命令されたのかもしれない。

切れ長の両目は冷たい印象を与えるものの、反社会的な分子が持つ世の中や大人への怒気のこもったきつい感じはない。しかし、どこを見ても若さというか、生命力というか、そういった熱いものがまったく伝わってこなかった。この子は腹を抱えて大笑いしたことがあるんだろうかと上川は思った。

「お母さんから見て何か心当たりはありましたか」と上川が尋ねた。

「いいえ、これといって特には……学校の先生に聞きましても、イジメがあったわけでもないし、友達とトラブルがあったわけでもないらしいんです。勉強はできる方じゃありませんが、成績も、まあ普通の範囲でしたので」

上川はわざと子どもがいる前でこの手の質問をする。親子間でコミュニケーションがそこそこある場合にはすんなりと返事が返ってくるが、そうでない時には親の口が重くなり、歯切れが悪く、すっきりしない会話になってしまう。

言い終えてから、母親はまるで自分だけに非があるかのように深く肩を落とした。となりにいる父親はぎゅっと唇をかんだ。そんな両親からは不登校になった息子を何とかしてやろうという気持ちが十分に伝わってくる。家族関係が良好であるのが上川には窺えた。

当たり前であるはずの親子間の信頼関係が、少子化となった今の時代の方がかえって希薄になってきている。ひと昔前に比べて、親の度を越した過保護か、育児放棄とも言える無関心か、そんな両極端な親子関係がかなり目立ち始めている。あるいは、まるで友達のような関係を良しとする妙な偏向を持った親も多くなってきている。

特別に厳しくする必要はないが、少なくとも善悪の区別や最低限の礼儀作法など、社会に出るための常識を教える場所は間違いなく家庭である。昨今そこが崩れてきているというのが、教員として三十年以上も働いてきた上川の印象だった。

目上の者を呼び捨てにしたり、挨拶もろくにしなかったり、周りを無視して身勝手な振る舞いをしても叱られることはない。そんな家庭で育った子どもは世の中にルールがあることすら知らない。だから、注意されただけで過度に傷ついてしまう、あるいは逆に怒り出したりする。

子どもの頃ならまだ修正が利くが、社会人となってその状態だと完全に異端分子となり居場所がなくなってしまう。彼らに悪気はなく、どうして自分が注意されるのか、また非難されるのかがわからない。すると、時間とともに悪いのは、自分ではなく周りの方だと考え始める。社会を恨むほどの過酷な環境で育ってきた訳でもないのに、あらゆる他人を妬み、世の中を恨む。

ここまでくると、もう手遅れだ。最悪の場合は無差別に人を攻撃してしまう。彼らには自分を拒絶した誰か、あるいはつま弾きにした社会への憎しみしか残っていない。しかもその身勝手な憎悪は彼らの中では立派な正義なのである。

しっかりとした家庭環境、つまり悪いことをしたら叱る、ひとりの社会人としてのマナーを子どもに教えて、問題が起これば親が子どもにきちんと向き合っているかどうかで、その子の未来は百八十度変わってくる。愛された思い出のある子どもとない子どもとでは、その将来に恐ろしいほどの差が現れてくるのだ。

　その意味では小林家はかなり優秀だと上川は思った。優秀とはいうものの、考えてみればそれは当たり前のことである。そんな当たり前の家庭が今の時代は少なくなってきている。

「もう、やだーっ」

　突然、女性の大きな叫び声が廊下から聞こえてきた。

　ワタルはビクッと背筋が伸びた。両親も驚いて顔を見合わせた。だが上川だけは落ち着いていた。すかさず廊下を走る人たちの足音が聞こえてきた。

「恵美ちゃん、どうしたの」

「とりあえず相談室に行こう」

　いろんな人の声が聞こえたあと、低くて唸るような泣き声が聞こえてきた。

「驚かせてすいません、精神的に弱っている生徒でしてね。ときどきああいったことが起こるんです。でも、そういう状態である彼女をまずそのまま受け入れていくことが大切なんです。注意しただけで収まるならここに来る必要はないんですよ。それぐらい子どもたちは苦しんでいるんです。だから、まずはそのまま受け入れていく必要があるんです」

上川は意識的にゆっくりと話をした。その話しぶりにはこの道で生きてきた者としての見事なまでの自信と落ち着きがあった。

「びっくりなさったと思いますが、それが大切なんです。あの子には安心できる居場所がないんです。どこの学校でも彼女のようなタイプの生徒がいたらみんな避けますよね、当たり前です、でもそれでは彼女はいつまでも救われないんです。もちろん彼女にも成長してもらわないといけません。そのためにも注意する前に、寄り添わないといけないんです。

それは彼女のように騒ぎ出す子どもに限ったことじゃなくて、どんな生徒に対しても同じなんです。叫ばないからいいわけじゃなくて、生徒たちはみんな不安なんですよ。つまり、彼らも本当は学校に行きたいんです。けれども、いろんな理由があって、行きたくても行けない。だから悩んでいるんです」

上川の言葉に両親はすっかり落ち着いた。しかし、ワタルだけは怯えていた。ここには他にどんな生徒がいるのか、もっと恐ろしい生徒がいるのではないか、と心細くてたまらなかった。ため息をつくと、また〝過疎化〟を思い出せたのにと思った。

子どもが不登校や引きこもりに陥った場合、力ずくで直そうとする親はかなり多い。上手くいけばいいが、こじれた場合は間違いなく家庭内暴力に発展し、ひどい時には事件になる場合もある。

何より子どもには負い目がある。学校に行けなくなった自分を必ず責めている。その意識に立った上で、まず親が味方であることをしっかりと、そして冷静に伝えることが大切だ。子どもを何とかしようとする前に、まず不登校になった子どもをそのまま受け入れなければならない。

ところが、これが恐ろしく難しい。

親ともなればなおさらで、学校は行かねばならない場所だとする固い考えが、身に沁み込んでいるためすぐに感情的になってしまう。さらに自分の子どもであるにもかかわらず、その子のことがわからない、理解できないという事実は親にとって、とてもじゃないが、すぐに受け入れることなどできやしない。自分への不甲斐なさの矛先が無意識のうちに怒りとなって子どもに向いてしまう。

学校に行かない、落ちこぼれる、悪の道に進む、そんな連続した絵がすぐに浮かんでくるのだ。肉親であるがゆえに、いったんスイッチが入ると、感情が先走り暴力になることも少なくない。まず、そこをいかに乗り切るかに、不登校克服がかかっていると言っても過言ではない。子どもが安心できること、それが何より大切なのである。長きにわたり不登校支援に携わってきた上川には確信があった。

だから、エスペランサでは強制的に子どもを上から抑え込むことはしない。慣れるまでは授業ですら、無理して出席しなくてもいいという姿勢で対応する。中にはそういった対応が甘いという親もいるし職員もいる。だが、いちばん困っているのは子どもも本人なのだ。

まず彼らのペースを守り、生活を安定させる。そのためには今のままでいいんだと安心させて彼らの自主性を尊重すること。そこからスタートしなければならない。授業や学習などは次の段階の話である。

上川がそういった話をゆっくりとすると、両親からすっと力みが消えていった。空気が変わったのがわかったワタルは絡めていた指を解いた。両親が入学させることを決意したのがわかったからだ。

そのあと上川は一言断ってから職員室に戻って手が空いている職員を探した。すぐに派手な色のバンダナが目に入った。

「小田さん、ちょっといい」

ノートパソコンを閉じて小田了介は立ち上がった。彼の席は窓を背にしているので、ゴルフ動画を見ているところを誰も目にしたことはない。しかし、彼がおとなしく座ってパソコンに向き合っているときは、たいていゴルフ関連の動画を見ていることを誰もが知っている。

　上川はワタルに小田を紹介した。紹介された小田を見て両親は目を丸くしながらも、立ち上がって頭を下げた。小田もその場で丁寧にあいさつした。ややずんぐりした体格の小田を前にして、ワタルも明らかに固まってしまった。さっきの廊下から聞こえた叫び声よりも驚いたかもしれない。

　サングラスにイギリス国旗をあしらったバンダナ、ライブ中のロックバンドが描かれたパーカー、兵士がはくような迷彩柄のズボンを小田は身につけていた。しかもその顔は危ない人たちの中にすんなりと入っていけそうだった。牢獄のイメージがよみがえった。オレンジ色のツナギを着ていたのはこの人かもしれない、と思った。

「こちらは小田先生、ちょっと怖そうに見えるけど、ユニークな先生だから一緒に校内を見てきてくれるかな」

「ほな、行こか」

　そう言って小田はさっさと校長室を出ていった。仕方なくワタルも後に続いた。足が震えているのが自分でもよくわかった。

　こうやって親子を切り離してそれぞれの内面を聞きだす。これが大切なことだった。子どもの前で本音をすらすら話せる親などいない。またその逆で、親にだけは絶対聞いて欲しくない気持ちを子どもは隠し持っている。

もちろん親と離したからといって、子どもがすんなりと話しだすことはない。ましてや相談室のような場所に連れていって、机を挟んで初対面の大人と向かいあって「さあ話してみて」と言われて、素直に応じる子どもなどいない。

けれども先生というのはすぐに相談室に行ってしまう。それがもとで閉ざした心に追い討ちをかけて、封印をさらに強めてしまうことは多い。エスペランサにくるような子どもたちは嫌というほどそうした経験をしてきているのだ。

他にも手の空いている職員はいたが、上川がわざわざ小田を選んだ理由はそこにあった。小田ならそうした近づき方は絶対にしない。いきなりゲームをしたり、トランプしたり、時には、アイスクリームを食べに行こうと言って学校の外へ連れて行くことすらある。そうした破天荒なやり方に批判的な職員もいるし、実際に上川もどうしたものかと考えていないわけではない。

しかし、そんな小田のやり方は吉と出ることが多かった。

三十年以上も教員として現場で生きてきた上川は、こういう場面で小田を使えるようになった自分のことを、かなり丸くなったと感じていた。

懇切丁寧な説明などほとんどしないまま、小田はワタルをつれて校舎内を回った。

宿泊ブースがある三階を見せたあと、二階の各教室と体育館、そして一階の生徒昇降口や食堂を淡々と案内していった。

宿泊ブースがある三階には、談話室という畳敷きの大きな部屋があり、マンガやテレビにゲーム機が置いてあった。日曜日の午後だったので、そこには数名の男の子たちが寝そべったり、胡坐をかいたりしながら、マンガを読んだり、ゲームをしたりと、リラックスしていた。

小田に連れられて談話室に入ったワタルにいっせいに彼らの目が注がれた。だいたい同学年ぐらいの男の子たちだった。物珍しいものを見るかのようなその視線には、敵意もない代わりに歓迎の色もない。電車通学の時に、いつもと同じ時間に、お決まりの場所にやってきた、顔を合わすけれどもそれ以上は何も知らない人を眺めている目だった。

同じだ、とワタルは感じた。だからと言って安心したわけじゃない。きっとお互い様だろう。たくさんの生徒がいて、多くの教室があって、休み時間になると校舎内のあらゆる場所からキャーキャーと騒ぐ声が聞こえてくる、そんな普通の学校には馴染めない者たちだけが持つ暗さを共有していた。その暗さは不登校生の共通因子であり、それで因数分解ができるのだ。

「みんなここでゲームしたり、遊んだり、マンガ読んだりって感じかな、マンガはブースに持って行ってもかまへん事になってるから」

ワタルは頷くとも頷かないともいえる微妙な反応をした。小田は談話室を離れていった。ワタルは黙ってついていった。

一階の食堂に入ったときに小田は缶コーヒーを二本買って、無造作に一本をワタルに差し出して腰を下ろした。

「まあ、飲みいな」

あっけにとられたままワタルは答えられなかった。

場面緘黙とまではいかないにしても、ワタルは他人と話すことができない。もともとから口数が多い方じゃなかった。それが学校に行けなくなってからかなり顕著に表れてきたのだ。家族以外の人とはほとんど話せない。なぜかと問われても、ワタル自身もわからなかった。とても緊張してしまい、言葉が口をついて出てこないのだ。

「どっから来たん」と小田が言った。

また答えられない。そのことで小田が怒っているようには見えなかった。

父親より年上だろうが、見たことのないタイプの人だった。こんな派手な格好をした人を見て先生だと思う人など絶対にいないだろう。反対に、この人が先生だと聞いても信じる者もいないに違いない。

　小田は缶コーヒーをテレビコマーシャルみたいにぐいっと飲んだ。ようやくワタルはその前に腰を下ろした。

「コーヒー嫌いなんか」

　ワタルは顔を横に大きく振った。それが精一杯の返事だった。

「そうか、そしたら良かった」

　小田は満足そうに笑った。

　何も言えないまま、ワタルは座っていた。派手な格好と強面の顔、そしてぶっきらぼうな関西弁に圧倒されてしまい、ただでさえも緊張している上に、金縛りにあったみたいに固まってしまった。これなら両親と一緒に校長室で話を聞いている方がましだとも思った。

　ワタルの知っている大人たちは、話せないわけや学校に行かなくなった理由をすぐに聞いてくる。特に生徒指導員やカウンセラーといった類の大人は必ずそうする。まあ、そのためにいるのだから仕方がないことなのかもしれないけれど。

　その聞き方にも差があって、世間話をしながら遠回しに聞いてくる人や、いきなりストレートに話しかけてくる人もいる。ワタルにしてみたら、話せないのに話しかけられても返せるはずがない。耳の不自由な人に音楽を聴かせるのと同じことで、なぜそんなことをするんだと思いながら、困った顔つきのままいるしかない。だが小田だけはまったく違った。何も話してこないのだ。

ワタルは音がしないようにプルタブを開けて、まるで幼い女の子みたいに両手で缶コーヒーをやさしく包んで、すするように一口飲んだ。

厨房では白い割烹着をまとったおばさんが食事の準備をしていた。朝早い時間に放送されるテレビ番組の「まち自慢」みたいなコーナーで紹介されるようなおばさんらしいおばさんだった。こういう人が作ってくれるおかずはなんとなく濃い目の味付けで美味しい気がした。

大きな鍋の蓋を開けると勢いよく湯気が上がっておばさんの姿が消えた。まるで、玉手箱から出てくる白い煙のようだった。煙が消えるとおばさんが絶世の美女になっていたりして、そんなことを思いながらワタルは眺めていた。

「タイプか」

いきなり小田が声をかけてきた。ワタルの身体がビクッと動いた。その動きに続いて頭の中にいくつもの疑問符が湧いてでてきた。そんなワタルにさらに小田は続けた。

「タイプなんやったら紹介してあげるで」

「……」

「独身やから、あのおばちゃん」

　ようやく小田の冗談が腑に落ちたみたいで首を横に振った。そしてワタルは初めて小さく笑った。

　案内が終わってから、割り当てられたブースに荷物を入れて、そこを整理した後に両親は帰っていった。駐車場で去っていく車を目で追いかけながら、完全に帰り道が断たれたことをワタルは改めて知らされた。見上げると、屋上の折れ曲がった鉄柵が笑っているかのように見えた。

2

天井に正方形のボードが規則正しく張り詰めてある。防火用ボードと書かれた大きなシールが端の一枚に張られてあった。一つ一つが三十センチ四方ぐらいで、ブースの天井全体は長方形の形になっている。ベッドに寝転がって目に付いた場所からスタートして、ビリヤードのクッションボールをイメージしながら見えないボールを転がしていく。それが四つのコーナーのどこかに当たればゴールになる。

やることがなく、暇をもてあましているときによくやる。誰にもじゃまされないし、誰からも話しかけられることもない。

エスペランサでは三階の教室すべてを四つに仕切り男子寮に改装してあった。それぞれのブースに収納用の引き出しが付いた簡易ベッドと机を入れてある。わずか四畳ほどの狭いブースに、衣服や洗面用具など個人的なものを各自で持ってくる。女子寮は校舎から少し離れたむかしの住民センターを改装して使っていた。

ブースを仕切っている壁は薄いベニヤ板一枚だけなので声は筒抜けになる。だから音楽を聴くときはイヤホンかヘッドホーンを使用する決まりになっている。パソコンやタブレットの類は持ってきてはいけない。スマートフォンや携帯ゲームは許可されているが、消灯時間以降は職員室で預かり、翌日の放課後まで触ることはできない。ただし、高校生は朝の会が終わると持っていってもいいことになっている。以前に何人かの中学生から文句が出たけれど、高校生の場合には授業で使用する場合があるので許可されていた。

天井ビリヤードはなかなか終わらない。ゴールするまでは続けようと意地を張って目を動かしていく。ふと、こんなことをやっているのは自分だけだろうなと思うと、馬鹿馬鹿しくもあり、面白くもあった。

ここ一ヶ月ほどずっと前向きになれない。そんな自分に対して何をやっているんだと叱咤するものの、堕落していく魂をワタルは感じていた。心じゃない、魂だ。自分の中にある大切なもので、意識にしっかりと根を張っていた重さのあるものだ。それが温暖化で崩れていく南極の氷みたいに、どんどん削り取られて軽くなっていくのだ。

中学二年の時にエスペランサにやってきた。

入学当初は毎日なんとかして家に帰りたいと願っていた。何より、こんな学校に入学しても、どうせ長くは続かないと思っていたからだ。

知らない人と一緒にいるのが苦痛で、いつもみんなから離れていた。食事もひとり保健室でとっていたし、授業はおろか、教室にも入ることができなかった。保健室の隅で朝食をとったら、あとはブースに戻って寝転がっている。授業が行われている間には談話室が使えないので、何度も読んだマンガの本を繰り返し開いていた。読んでいたわけじゃない、することが何もなかっただけだ。

毎日、いろんな先生が様子を見にやってきた。無理やり授業に連れ出されることはなかったけれど、「調子はどうだ」から始まって、やんわりと「教室に行かないか」と誘ってきた。その度に返事をするわけでもなくベッドに腰かけたまま動かなかった。ときどき上川校長が直接やってきて話をしようといって、校長室に連れていかれたこともあった。そんな時でもワタルはほとんど話せなかった。

反抗していたわけじゃないし、かたくなに拒否していたわけでもない。怖かったのだ。教室という空間に入り、そんなに親しくない連中に囲まれて、誰だ、こいつ、という目で遠巻きに見られるのが怖かった。何か言われるんじゃないか、邪魔者扱いされるんじゃないか、と考えると足が震えた。そんな調子だから授業に出ないからエスペランサを辞めさせられるんじゃないかとも思ったけれど、むしろそうなった方が家に帰れるとも思っていた。

そんなある日に、別の女の子が保健室を使うから、という理由で食堂に連れていかれた。他の生徒とは離れた一番端の席に座って食べた。向かい側の席にはいつも先生が一人座っていた。だいたい谷垣さんが座ることが多かった。彼は高校二年になったワタルの今の担任でもある。何だかんだと話しかけてきたがほとんど答えずに黙って食事をしていた。今でもどんな話だったかよく覚えていない。

エスペランサでは夕食後に近くの道の駅にある温泉に行く。八人乗りのワゴン車に分かれて乗って、客が少ない夜の八時ぐらいになってから出かける。男子寮には風呂もシャワーもないから、道の駅の温泉を利用していた。

最初の頃は配慮してもらって、ワタルはいつも助手席に座らせてもらっていた。でも、しばらくすると「悪いけど今日はこの車に女の子が一人だけになるから、後ろの席に座ってくれ」と言われて後部座席に座った。それから時々いろんな理由で後ろに座ってくれと言われた。初めて言われたときは、温泉に行くのをやめようと思ったけれど、行きませんと言えないために、仕方なく後ろに乗り込んだ。今から考えるとこのことがきっかけでみんなの輪に入れるようになったと思う。

ワタルみたいになかなか集団になじめない生徒にとっては、先生と一対一で話をするよりも、みんなと一緒に車に乗る方が、はるかに仲間になるには効果的だった。わずかな時間だが、となりに座った誰かが取り留めもないことで声をかけてくる。風呂から戻ったらゲームをしようとか、移動中に一緒に携帯やスマホで動画を見たり、ツイッターを見たりする。そんな些細なことで、ワタルの馴染めないという思い込みの壁が溶けていった。想像していたような村八分的な扱いなどまったくなく、むしろ気の合う者の方が多いぐらいだった。

保健室を女の子が使うとか、ワゴン車に女の子が一人だけになるから、などの理由はあらかじめ先生に仕組まれていたことだと思う。ワタルを何とかみんなの中に引き入れようとするためだ。逆から言えば、その程度のことで馴染めるのだから、むしろ怯えていた自分が滑稽にすら思えた。いったい何を怖がっていたんだろう、とワタルは自分でもあきれてしまった。

一般的に、思い悩んでいる心配事が実際に起こることはあまり多くはない。明日、宇宙人が攻撃してきたらどうしようと心配になっても、実際に宇宙人がやってきたことはない。にもかかわらず、ありえない不安に人は振り回される。

思春期にはそうした危惧が予想以上に大きくなる。とくに学校に行かず、引きこもって、社会的に孤立している状態が長いと、どうしても他者の思考や行動に触れる機会が少なくなるので、偏った考えだけがどんどん膨らんでいってしまう。そのことを頭からバカバカしいと切って捨てられると、すべて否定されたと感じ、彼らは追い込まれてしまうだけになる。

それから、ワタルは少しずつみんなの中に入っていった。食堂で一緒に食事をし、ワゴン車にも一緒に乗り込み、消灯までの自由時間にはみんなとゲームをできるようになっていった。その内、先生と一緒に授業に入るようにもなった。

授業が始まってから静かに教室の後ろの扉を開けて、中に入って一番後ろに椅子を並べて座る。途中で出たくなったら、いつでも出て構わない。だから授業に出席するというよりは見学するだけだった。ときどきクラスメートが振り返ってワタルに手を振った。

こうした場合でも、エスペランサではこの生徒はもう少しで授業に出られるとは考えない。そう考えると教師側からの要求がどんどん増えてしまうからだ。

授業に出席することを求め、他の活動を勧める。そうやって普通の生徒である時間を少しでも増やそうとするし、そうすることが生徒のためになると考えてしまう。そうした一般的な考えが新たなプレッシャーになってしまうのだ。どんな生徒でも逃げ道は残しておかないといけない。なぜなら、不登校とはそう簡単に解決するものではないからだ。

ワタルはゆっくりと、しかし確実にエスペランサに馴染んでいった。まだまだ話をするのは苦手だったけれど、少しずつ授業にも出席するようになり、他の活動にも加わるようになった。そんな感じで、中学三年生になる頃にはワタルは他の生徒と同じことがずいぶんとできるようになった。

時間がかかってもいいから、集団に加わっていく機会を焦らずに、少しずつ増やしていく。そうすることで教室が近いものになっていく。学校の中に居場所ができていく。

授業に出たり、他の活動に参加したりすることなど、実際には大したことではない。大したことではないからこそ彼らは悩んでいるわけだ。学校に行くのは当たり前、授業に出席して当然、そんな切り口で説得して、すんなりと従えるなら不登校にならない。個人差を認めながら自分で自分を克服していく。そして少しずつ強くなって、普通になっていく。他の生徒と同じようにワタルもそんなエスペランサの流れに乗れていった。

高校生になったワタルはほぼ他の生徒たちと同じように行動できるようになった。授業や活動だけでなく、そんなに好きではなかったスポーツにも参加して一緒に汗をかいた。まだまだ話すことは苦手だったけれども、仲間たちはワタルをそのまま受け入れてくれた。

ところが、である。入学してから三年も経って、高校二年生になったというのに、この有様だ。背伸びしているときに急に両足から力が抜けて立っていられなくなった。ワタルの精神はポキッと気持ちのいい音を立てて、折れてしまったのだ。特に何があったわけじゃない。処理したはずの地雷が爆発したみたいに、あらゆるやる気がどこかに飛んでいってしまった。

薄汚れた天井を転がるボールを目で追いかけながら、ワタルは大きくため息を一ついた。

なかなかゴールしないので天井ビリヤードをやめて、視野を広げてみた。すると、大きな将棋盤ができた。ルールはよく知らない。自分の王将を守り、相手の王将を取ることぐらいしか知らない。駒を並べてみる。何よりどんな駒があるのかもあやふやで、どの駒をどこに置くのかもはっきりしないし、どれだけ並べるのかもわからない。両手を頭の後ろに回して組んだ。

十数手先まで読めるプロ棋士の頭の中はどうなっているんだろう。思い浮かべた盤上で駒を動かし、相手の出方を予想して、さらに先の展開を見極めていく。何時間以上にもおよぶ対局の中で《勝てる》という感覚はどのように訪れてくるのだろうか。

街灯が一つもない夜道の交差点にとつぜん曲がってきた車のヘッドライトみたいに、盤がぱっと明るくなるんだろうか。それとも、足首の辺りから蟻の大群が這い上がってくるみたいに《勝てる》という感触がじわじわと伝わってくるのだろうか。

ニュースになるような大きな対局で負けた棋士はそれが原因で将棋を指せなくなることってあるんだろうか。駒を打つ音を聞いたり、大きな座布団を見たり、真新しい畳の臭いがしたり、将棋の気配を少しでも感じただけで、身体が震えて動けなくなることってあるんだろうか。

不登校生みたいに。

そういえばプロゴルファーにもイップスというのがあって、それになると手が動かなくなり、スウィングやストロークができなくなる話を、小田が授業でしていたことがある。ワタルにとって小田は話ができる数少ない職員のひとりだった。話ができると言っても、普通に何でも話せるわけではない。

ここで初めて会った職員だったこともあるが、それ以上にワタルが話さないことを小田だけはまったく気にしなかった。他の生徒と同じように話しかけてくるし、ワタルが返事をしなくても、返事を強く求めてくることはなかった。

「そのイップスって治せないんですか」

「そんなことはないらしいけど、かなり時間がかかるみたい。そら、この五十センチのパットが決まったら、優勝やとか何千万円の賞金がもらえるとなれば、誰かて緊張するやろ」

「小田さんはイップスじゃないの」

「ちゃう、そこまで緊張する場面なんてあらへんから」

小田はそう言ってグリップを握る真似をした。まあ、小田ならなんとも思わない気がした。

「ゴルフ、好きですよね」

「うん」

「何で好きなんですか」

「おもろいからや」

何も躊躇することなくすんなりと返事が返ってきた。以前にも同じ質問をしたことをワタルは思いだした。

大きな軋む音を立ててベッドからワタルは起き上がって、廊下を挟んだ反対側の部屋に行った。ここには中学二年生の井手光輝のブースがある。ブースの汚さではこの学校でも一、二を争う生徒だ。カーテンが開けっ放しの彼のブースはベッドと床の区別がなくなっていた。ありとあらゆるものが散乱していて、まるで地下に籠っていたテロリストが爆弾を誤爆させた直後みたいだ。

口の開いたポテトチップスの袋、空になったペットボトル、脱ぎっぱなしの下着にジャージ、ゲームの攻略本にマンガなどが地層のように折り重なっていて、妙な臭いさえも漂っていた。鼻の奥を爪楊枝の先で突かれたようなツンとした痛い刺激臭である。もしかしたらどこかに動物の死体があるのかもしれない。

この部屋の窓からは生徒昇降口が見える。覗き込んだワタルの目にゴルフクラブを振っている小田が飛び込んできた。小田はまじめに振り続けていた。やっぱり相当ゴルフが好きなんだ、とあらためて思った。

以前に何人かの職員が小田への文句や愚痴を言っているのをたまたま耳にしたことがある。そのことを小田に言ったら《言わしておけばええやん》と軽くかわされた。ワタルとしてはムッとさせてやろうと思ったのだがまるで他人事だった。気にならないのと言いたげな表情を浮かべていたら、続けて小田の方から《弘法は木から落ちる》と言ってきた。その意味は今でもよくわからないままだ。

こんな人でも先生になれるんだ。

初めて小田に会ったときのワタルの感想だった。サングラスにバンダナ、そしてライブ中のロックバンドがデザインされている派手なパーカーに迷彩柄のズボン。そのバンドがローリングストーンズというグループであるとあとで知った。

三年前に初めてここにきて校長室で両親と一緒に説明を受けた。そのあと校舎の案内をしてくれたのが小田だった。その第一声をワタルは今でもはっきりと覚えている。小田はいきなり「ほな、いこか」と言った。あいさつするわけでも、名前を聞くわけでもない。ただ「ほな、いこか」だった。

自分の部屋に帰って、ブースに戻ったワタルはまたベッドにごろんと仰向けになった。身体がしっくりくるように、もぞもぞと動かすと鈍くきしむ音がした。

授業か……。

英語をやっている頃だ。

担当している貴志川先生は背の低い六十代の男性教諭で、若い頃に柔道でそこそこ有名だったらしく、いまでも百キロ近い体格をしている。校長の上川が勤めていた高校で一緒に働いていたそうで、大学も後輩に当たるらしい。だから貴志川は上川のことを校長先生とは呼ばずに上川さんと呼ぶ。

彼の授業は教科書に沿って進み、そこに出てくる単語と文法事項を丁寧に説明してから黒板に例文を書いていく。生徒はその例文を書き写して、授業後にそのノートを提出する。そして放課後にそのノートを職員室までとりに行く。間違った綴りがあれば赤ペンで修正してあり、汚い文字の場合でも上から直してある。

例文を写していなかったり、ノート自体を提出しなかったりすれば罰として課題を与えられる。課題はだいたい教科書の一単元、およそ三ページをノートに丸写しにすることだった。しかも終了するまで教室に閉じ込められる。最初のころに従わない生徒が何人かいたけれども、黒板に書かれたわずか数行の例文を書き写せばこと足りるわけだから、今では全員が書き写している。「書いて、書いて、書きたおさないと英語はダメだ」というのが貴志川博久の英語教師としてのポリシーだった。

今から教室に行き、席に座って例文を書き写せば何の問題もない。放課後に呼び出されることも、別の課題を出されることもない。そう思いながらも身体を動かさなかった。動かないのか、動かさないのか、ワタル自身にもよくわからない。もっとも放課後に呼び出されても職員室に行くことはない。

この一ヶ月ほどずっとこんな感じだ。何がどうしたわけでもないのに、何もやる気が起きなくなった。数日間休んだ後でそのことを正直に貴志川に述べた。別に英語だけじゃない、本当に何に対しても気持ちが向いていかないのである。

「そんなことで、どうするんだ。世の中に出ればもっと辛いことがあるんだぞ。高校二年にもなってこれぐらいのことができなくてどうする」鼻息を荒くして貴志川が言った。

　こういうタイプの先生はだいたい同じようなことを言う。予想通りだったからワタルはなんとも思わなかった。

「授業には出てこいよ、いいな」

　返事をしないでその場を離れた。

「いいな、ワタル、必ず来るんだぞ」

　貴志川の大きな声が背中に響いた。

　確かにその通りである。誰もが頷ける正論を付きつけられると、もの凄く不快な気持ちになる。その不快の源は貴志川ではなく自分の側にある。そのことはわかっていた。それでもなお、教師に対して恨みに似た嫌悪感と決して消えることのない幻滅を抱いてしまうのだった。

　規則を守って、授業を真面目に出て、言われたことを言われたとおりにこなしていく人だけが認められる。いや、認められるためには規則を守って、授業に真面目に出て、言われたとおりにこなしていかねばならない。そうやって言うことを聞く以外の選択肢がないことを教え込んでいくのが先生であり学校だ。

でも、先生たちはそれが本当に正しいと思っているのだろうか。そもそも、自分たちが学生服を着ていたころ、貴志川みたいな話をする先生に心服したのだろうか。世の中にあるもっと辛いことってどんなことだろう。いや、その前に、そもそもまともな大人になれるんだろうか、なにをどうすればいいのか、どういう風になれば大人と認められるんだろうか。未来の自分はその輪郭すらはっきりしない。困惑を含んだ疑問が次々にわいてくるけれど、姿が見えない未来の自分は何も教えてくれない。

結局、授業には出なかった。しばらくしてから担任の谷垣がやってきた。今みたいにやる気がなくなったとき、ワタルは最初に谷垣に相談した。すると谷垣は黙って聞いてくれた。「そうか、無理なのか」と言ったけれど、納得していないのはわかっていた。

谷垣正剛はエスペランサに入学して以来、いちばんワタルの面倒を見てきてくれた先生だった。そして高校二年になった現在はワタルの担任でもある。担当は数学だった。

堅物ではないから話しやすい人だったが、体育会系の熱血漢でもあり、こちらがうっとうしく感じるぐらい近づいてくるときがあった。ただ、生徒のことを考えてくれている気持ちは十分に伝わってくるので、谷垣のことを悪く言う生徒はいなかった。

実際にワタルも谷垣がいるからエスペランサの高等部に進学することを決めたぐらいだった。

　二人してベッドに並んで腰かけた。

「どうした、まだ調子が悪いのか」

「……」

「気持ちの問題か」

「……はい……」

「そうか……できたら授業には出てほしいんだけどな」

　ワタルは返事をしなかった。谷垣は肩を落とした。ワタルは目をそらして薄い壁を見つめた。それから谷垣はなんでもない話を少しのあいだ続けた。授業や勉強の話ではない、マンガやゲームなどの他愛もない話だった。

「なんて言っていいか、わからないけど」

　谷垣はうなだれたまま語りだした。

「最初、ワタルが来たときには、お前は誰とも話さないし、ブースに閉じこもったままだし、みんなと一緒に食事もできなかっただろう。……そんなお前を見て、こいつ大丈夫か、続けていけるのかって正直思っていた。無理なんじゃないかって。

でも、少しずつだけどみんなと話せるようになったし、授業や遊びも一緒にできるようになって、何より笑うようになっただろう」

ワタルは黙って聞いていた。

「覚えているか、俺がお前たちと温泉行ったときに、学園車の運転席におもちゃの蛇を隠しておいたことがあっただろう。俺がびっくりして大声出したら、お前と望月で大笑いしてたよな」

ワタルは谷垣の方に顔を戻した。谷垣は俯いたまま話を続けた。

「あのときのお前の笑顔をまだ覚えているんだ。ああ、こいつこんな好い顔になったって」

ここで谷垣は顔を上げてワタルを見た。

これまでにいったい頑張ろうと何回励ましてきただろうか。一度でもその気持ちが伝わったことがあったのだろうか。谷垣は自分を責めながら、ワタルに対してどうしたらいいのかと自問した。幾度となく繰り返してきたその問いの答えは、今でもわからないままだ。きっとわかる時などこないんじゃないか。

小学校から大学まで、学校に行きたくない、などと思ったことなど一度としてない谷垣にとって、何の理由もなくやる気が失せてしまい、前向きになれなくなる精神を理解することなどできやしないのかもしれない。ただ、わかっていることは規則だからといって、無理に押し付けることは何のプラスにもならない、ということだけである。

　他の生徒たちとまったく馴染めなかった当初のことを考えたら、ワタルは大きく成長した。教室に入れるようになったし、スポーツや課外活動を休むことはなくなった。まだ多くは話せないけれど、ぽつんと一人でいることもなくなった。そんなワタルがまた突然に動かなくなったのだ。何とかしてやりたいという熱い気持ちだけではいけないと思いながらも、他になす術がない谷垣はどうしても自分を抑えることができなかった。

「ワタル、俺はお前の力になりたい。お前には絶対に立ち直って欲しいと思っている。だから、俺にできることがあったらいつでもいいから話してくれ、いいな」

　唇をぎゅっとかんだワタルは頷いた。

「とりあえず、休んでいいよ」

　そう言って谷垣はブースを出て行った。

　胸が熱くなった。同時にまた自分のことが嫌になった。なんでこうなってしまったのかって考えない日はない。ただいくら考えても訳がわからないのだ。俺はぜんぜん成長してないじゃないか！　ブースに残ったワタルは自分の頬を数回張り倒した。耳の奥でキーンと音が鳴った。

「ちょっとセンチメンタルって、感じなのか」

「そんなことないよ」

「でも、けっこう感激してるじゃん」

「そりゃあ、ああいう言われかたしたら、誰だってそうなるだろう」

口を尖らせたワタルを見て幸平は笑った。肩から腕にかけて白いラインが二本入った黒のアディダスの上下を幸平は着ていた。体操服にも寝間着にも使える一昔前のジャージだった。いつものものだ。

机の上に無造作に置かれていたマンガを幸平は手に取った。それは学園の中にバンパイヤがいて、一人ひとりと生徒を襲っていく筋のマンガで、表紙には二本の大きな牙を持ったセーラー服の女の子が切れ長の目でこちらを睨んでいた。

「こんなマンガなんて読むんだ」幸平が聞いた。

「そりゃ、読むときはあるよ。好きってわけじゃないけれど」ワタルはまだ少しムッとしていた。幸平は気がついていたけど知らん振りをした。

「へえ～」

そんな幸平はわざとえらく感心しているような声を上げた。それから、ちらりと寝ているワタルを見て言った。

「最近は、ちょっと大変な感じだね」

「俺のこと」

「もちろん」

「……うん……」

ワタルはまた天井を見つめた。

「自分で自分のことがわからないってけっこう辛いもんな」

「幸平もあったの、そういうの」

「そりゃあ、あったよ。誰でもあるんじゃない。不登校であってもなくても」

「そうかな」

「俺はそう思うよ」

ワタルはごろりと横になって幸平の方を向いた。

もやもやしている気持ちをどうしていいかわからない。わかっているのは今のままではだめだってことだけだ。答えは出ているのだが、途中式がまるでわからない。泥水をかき混ぜたあと、ビーカーの底に沈殿するヘドロみたいに、煮え切らない気持ちだけが溜まっていく。それをどうしたらいいかワタルにはわからなかった。

「甲子園を目指して野球に打ち込んで、来る日もくる日も朝から晩まで野球漬けになっている高校生って、何を考えているんだろう」ワタルはつぶやくように言った。

「どういう意味」

「ずっと練習してきて甲子園に出れなくても、野球をやって良かったって思うものかな」

「それは思うでしょう」

「でも、甲子園に行けなかったわけでしょう」

ワタルは顔を幸平に向けた。

「それは結果論だろう。みんな甲子園を夢見て頑張るんだから、野球にしてもサッカーにしても同じだと思うよ。やらされたのではなく自分で決めて頑張ったわけだから」

「幸平にはあった、頑張れるものが」

「さあ、胸張ってこれだと言えるものはなかったと思う」

幸平は少し首をかしげてから言った。

「そういう打ち込めるものが欲しいって思ったことはあるの、幸平は」

「あるよ」

「でも、なかったんだ？」

「うん」

　小学校のころ、同級生のお兄さんで鉄道好きの人がいた。すでに二十を超えていたと思うけど、俗に言う鉄ちゃんで、彼の部屋には自慢の鉄道写真が壁中に張られてた。そして何冊ものアルバムには写真、切符、スタンプなどがぎっしりと詰まっていた。特に興味はなかったワタルに向かって、その彼は聞いてもいないのにアルバムをめくりながら、一つひとつ熱く説明してくれた。内容は覚えていないが、説明していたその顔が輝いていたのをワタルは覚えている。好きなことって、こんなに人を夢中にするものなのだ、と今でもその顔を思い出すことがある。

　もしも、打ち込める何かがあったら、自分の人生はまったく違ったものになっていたんだろうな、とワタルは想像する。スポーツじゃなくていい。○○博士とまではいかないにしても、時間を忘れて夢中になれる何かがあれば、もっと充実した日々を過ごせていただろうと思う。

「これからそんなものを手にすることができるのかな」

「きっと見つかるよ、まだ若いんだし、人生はこれからなんだから……な～～んて、先生って言うよな」

「そう、そう、二言目には努力すれば夢はかなうとか、何にだってなれるとか」

ワタルの声がぐっと上ずった。

「たぶん、そういう人に限って何かに打ち込んだり、夢を追ったりした経験がないんじゃないかな」

「そうなの」

相槌を打ちながら、ワタルは幸平の言葉に感心していた。ときどき幸平は至言を吐く。

「努力しろとか、頑張れとか、なんとなく嘘くさくないか」

「そうなんだよ。なんか上辺だけでいかにも自分は善いこと言っているぞ、みたいな」

「先生って、だいたいそうだよな。全校生徒を集めて『君たちは何にだってなれる』と胸を張って嘘をつける人間、それが先生なんじゃないの」

幸平は声を真似ながら自信満々に言った。

「そうじゃない人もいると思うけど」

「いるか、そんな先生は」

「わからない」

「ただ、あからさまに熱くなって迫られるとな、正直言って疲れるだろう」

「……うん……」ワタルはあいまいに返事をした。

「でもさ、反対に、ワタルの方にも申し訳ないって気持ちもあるだろう」

「そう、それっ、だからよけいに自分が悪いんだって思えてきて、めっちゃ滅入る」

ワタルの声が少し大きくなった。

「わかるよ、とってもよくわかる。きっと、先生は間違っていないと思うんだけど、何ていうか、くたびれるよな」

「……うん……」

少し間ができた。幸平は手にしていたマンガを机に置いた。

「何か足りないんだよな」幸平が冷静に言った。

「何が足りないの」

「さあ、わからないけど、パズルのピースが合わない感じっていうのかな、はめ込んでもすぐに剝がれてしまう。それがわかっているにもかかわらず、無理やりはめようとする、先生っていつもそんな感じがするな」

ワタルは幸平をじっと見つめた。

何に対しても気持ちが乗らない理由がワタルにもわからない。そのことでイライラが積もってしまい、持って行き場のない怒りに膨らんでいくのだ。

「もちろん、生徒が前向きになれるかなれないかのすべてが、先生にかかっているわけじゃないし、ワタルの方からも折れるというか、歩み寄らなきゃいけないところもあるんだろうけど、気分が乗らないのだけはどうしようもないからね」

そう言って幸平はじっとワタルを見つめた。こいつ、相当悩んでいるに違いない、と幸平は思った。

たいがいの場合は青臭くてちっぽけな悩みだと一蹴される。だが、その取るに足りない悩みは、地下のプレートの奥深くの小さな亀裂と同じで、いつか巨大地震を引き起こすエネルギーを隠し持っている。そんな危険な悩みなのだ。

「言葉で上手くいえないけど、何かが足りない先生に限って、自分には特別なものがあるって思っているよね、先生だけじゃなくって人間ってみんなそうなのかもしれないけど」

また、しみじみと幸平が言った。ワタルは天井を見上げた。幸平が言うことは本当かどうかわからない。でも間違っていない気がした。

「どうしてなんだろう」

「さあ、なんでなんだろうね、キザな言い方だけど生き様ってやつなんじゃないかな」

　生き様。その言葉がずしりとワタルに迫ってきた。

　確かに、上川にしても谷垣にしても何かが足りない。それは彼らに対してワタルが求めすぎているのかもしれないし、ワタルが自分の不甲斐なさの責任を先生らに転嫁しているからかもしれない。でも、彼らは「良い人だ」の後に「だけど」が続くのだ。「良い人だ」では終わらない。

「そろそろ行くわ。また来るから……あんまり深く考えんなよ……」

「……うん……ありがとう、じゃあね」

「うん」

　ワタルはまたひとりになった。天井が笑っているように見えた。

　幸平とはこんなに自分の気持ちをすらすらと話ができるのに、別の人となるとほとんど話せない。幸平がいなくなったら誰かと話せるようになるんだろうか。

　甲子園を目指して白球を追いかけている高校生みたいに、すべてを注ぎ込める何かが欲しい。果たしてこの先そういうものが見つかるのだろうか、いや、そういうものを手に入れる資格が自分にはあるのだろうか。少しだけでいい、少しだけでいいから、強くなりたい、とワタルは思った。

明日から授業に出るかどうかわからない。おそらく出ないだろう。こうやってダラダラが続くだけだ。いつだってそうだ。このままじゃダメだと思っているのに、ダメな方向にしか物事が進んでいかない。その間に、もやもやした気持ちだけが膨らんでいって、焦りと不安がどんどん大きくなって息苦しくなっていくのだ。

「生き様」とワタルは呟いた。そんな言葉を使える幸平が羨ましかった。同時に、この先自分にはどんな生き様が待っているんだろうか、と思った。

それから三日経った。ワタルは週に一回だけある小田の総合の授業だけ出席してそれ以外は欠席した。

総合はあるサスペンス映画を観て犯人を当てるというものだった。およそ二時間の映画をクライマックス以外の部分を四回に分けて観て、二、三人のグループに分かれて犯人を予想し、その理由を発表していく。途中で予想を変えてもかまわない。ただし、第一印象や勘で決めるのは最初の一回目だけで、二回目からは過去のストーリーの展開とその先を予想して、それらに基づいて論理的に推理して、犯人探しをしないといけない、それがルールだった。

映画はひとりの殺人犯がある山登りのパーティーに紛れ込んで逃走を図るという筋

で、ガイドの女性にだけ犯人が交ざっていると連絡が入る。彼女は必死に犯人を探そうとするが、参加した人たちはそれぞれに秘密があり、それぞれが怪しい行動をとる。主人公の女性ガイドはまったく誰が犯人なのかわからないまま、山登りは続いていく。

小田の巧みな話術と進め方で、高校二年の間では犯人探しの話題でもちきりになっていた。ワタルは一回目の授業をさぼったが、クラスメートの望月が面白いからと誘ってくれて出ることにした。グループ分けでの授業だったので、ワタルが発言する必要もなかった。

今日は総合がない、だから、朝から教室にも行っていないし、朝食さえも食べていない。こうなってしまったことをクラスメートは何も言わない。その辺りは蛇の道は蛇で、みんなわかっている。こんなときに何を言っても始まらない。

どうして学校に行けなくなったのか、不登校生たちはその理由はわかっている。ただ、言葉で説明できないだけだ。その通りなのだ。それが不登校アルアルだ。時間しか解決策はないのだが、時間が解決してくれる保証はどこにもない。

けれども、そうはいかないのが学校であり先生だ。

病気などのはっきりした理由がないのに授業を欠席するのを認めていたら、何のための学校なのかわからなくなる。入学したての時期なら大目に見てくれるが、ワタルは昨日や今日にやって来た新入生ではない。もう入学して三年になるし、一ヶ月前まではすべての授業に出席していたのだ。そんな生徒がいきなり授業をさぼったり、教室に入ってこなかったりすれば、何とかしようとするのは先生として自然なことだった。ワタルは教師や学校に反抗しているわけではない。そのことが余計に教師魂を熱く刺激していた。

その義務的な迫り方がうっとうしい。まったく冷えていないアイスクリームのように、ありえない不快さを運んでくる。そんな先生の説教を聞いているうちに、生唾が湧いてきて、虚脱感に苛まれ、最後にはたまらなくムカついてくる。

不登校生にとって教師の情熱ほど邪魔なものはない。

前の学校で行けなくなったとき、朝になると決まってお腹が痛くなった。本当に下痢になったし、何度か嘔吐もした。なぜそうなったのかは今でもわからないままだ。学校が嫌だという感覚はなかった。ただ中学二年の五月ぐらいから、朝になるとお腹のあたりがぐにゅぐにゅしだして、登校時間が近くなるにつれてそれが痛みに変わっていった。『いったいどうしたの』毎朝ワタルが腹痛を訴える度に、母親はうんざりしてそう声をかけてきた。ワタルはお腹を押さえてトイレに籠るしかなかった。

そんな日が続くと父親から怒鳴られ、母親も泣き出したりした。そしてまもなく両親の口論がはじまった。ワタルが学校に行けなくなった責任をなすり付け合う言い争いが聞こえてくるたびに、ワタルは悔し涙がこぼれてきて自分を責めた。それでも体調は変わらなかった。

ある日の夜、ワタルは両親の前で号泣しながら、ありのままの自分のことを訴えた。学校が嫌なわけじゃない、いまでも行こうと思っている。でもそれができない。父親に車で連れて行ってもらっても、先生に迎えに来てもらっても、腹痛は治まらない。どうしてと、問われてもわからない。ワタルは生まれて初めて両親の前で泣き崩れた。

その日を境に両親は言い争いをやめて、ワタルを責めることはなくなった。そして心療内科を探してきてワタルを連れて行った。気が進まなかったけれど、学校に行かない以上は受け入れないといけないとワタルは自分に言いきかせた。

薬を処方されても、カウンセリングを受けても、ぐにゅぐにゅは治らなかった。ワタルのお腹は性能の良い鳩時計のように、ある時刻になると毎朝かならず痛みだすのだった。

でも、夏休みに入ると腹痛は治まった。学校に行かなくてもいいという現実が一番の治療薬だった。そんな都合の良い話があるものなのか、と両親は納得できなかったが、そのことでワタルを責めることはしなかった。

夏休みが終われば学校に戻れるはずだとワタルは思っていた。実際に九月一日には以前のように制服を着てワタルは登校した。その朝にはぐにゅぐにゅは起こらなかった。夏休み中も通っていた心療内科の先生ももう大丈夫ですと太鼓判を押した。

でも、一週間もしないうちに再発した。しかも以前よりもひどく痛んだ。また通院し始めたが効果はなかった。ワタルも、そして母親も疲れ果てていた。その医者は専門用語を並べ、わずかな治療効果をあげ連ね、今後の治療計画の説明と効果のでない薬の処方をするだけだった。その頃になると主治医の笑顔を見るだけでワタルは腹が立ってきた。

事態が好転する日が必ずやってくる。その日が明日かもしれないと思って寝床に入る。そんなことが起こるはずもないと思いながらも、もしかしたらと都合よく考える。そうでもしないといたたまれなかった。家族全員が疲れ果てていた。ワタルは小林家の厄介ものになっていた。そんな時に父親が知人からエスペランサを教えてもらったのだった。

やっと残暑が終わりかけていた。

今はもう腹痛は起こらない。時間はかかったがエスペランサの生活にも慣れた。話すのは相変わらず苦手だけれど、みんなとも仲良くしているし、教室にも入ることができるし、いろんな活動にもちゃんと参加できるようになった。ワタル自身も満足していたし、両親もエスペランサに心から感謝していた。来年は高校三年生になるから、進路をしっかりと考えて、社会に飛び出していく準備も十分にして、期待に胸を躍らせる、そんな年になるはずだと信じていた。

なのにこれである。言い争いをしている両親の怒号がワタルの脳裏によみがえってきた。この状態を知ったらまた二人は言い争うのだろうか、それとも上川校長や谷垣先生の責任だと言って詰め寄るんじゃないだろうか。そんなことを心配するなら授業に出ればいい、校内の活動に参加すればいい。それですべて解決する、でもできないのだ。

キャンプファイアに大量の水をかけて、まだ燻っている部分にありったけの消火剤をかけたみたいに、何かが根こそぎやる気をかき消してしまった。唯一の救いはぐにゅぐにゅが起こらないことだった。

どうしてなんだろう、頭のどこかがいかれているんだろうか、あるいは何かの病気にかかっているのだろうか。

ひとりになって思い連ねている時、ワタルには、いつも朽ちかけたらせん階段のイメージがわいてくるのだった。古くて細い木でできているその階段の上の方は、灰色の濃い霧の中に続いていて何も見えない。それを一段ずつ上る度に、ギーギーという音がして、左右にも揺れて、今にも壊れそうなのだ。この一ヶ月、同じ問答を繰り返すたびに、らせん階段のイメージが頭の中に浮かび上がってくるのである。ワタルはいつも怯えながらその階段をゆっくりと上った。

教室に行って授業を受ければいいだけなのにそれができない。やってしまえば大したことじゃないんだろうけどできない。甘えていると言われたら、たぶんその部分はあると思う。その上にワタル自身がごちゃごちゃと都合の好い理由をいくつもくっつけている部分も確かにあると思う。

でも、それだけじゃない。肝心要なところに何かがある、絶対に嘘じゃない。じゃあ、いったい、それは何なんだと問われても、これですと指し示すことができない。そのことがワタルをさらに追い詰めていった。

もしもこのままの状態が続いて、エスペランサをやめさせられたらどこに行けばいいのか。これだけはしっかりとワタルの目に見える恐怖だった。ワタルは考えるのをなんとかこうとかストップさせて、再び天井ビリヤードを始めた。見えない球を追いかけている間は考えなくていい、そこに逃げ込むことができる。

そう思うものの集中できないでいた。何もかもが、誰もかれもが、敵に思えてくる。

そんなことはないのだが、糊付けするのを忘れた切手みたいに、その考えはすぐに剝がれてしまう。

ふと、屋上の折れ曲がった鉄柵をワタルは思い出した。入学した時からずっとあのまんまだ。屋上に出るための踊り場は鉄扉で塞がれていて鍵もかかっているから、誰も屋上に出ることはできない。

どうして折れ曲がっているのか、いろんな噂があった。むかし自殺した生徒がいる、廃校に反対した先生があそこで首を吊った、いじめられた生徒がいじめた生徒を突き落とした、などそれらしく脚色された話がいろいろあった。もちろん、すべて作り話なのだろうが、こういった話は生徒には受けがいいものなのだ。

三時間目が始まってしばらくしたら廊下から足音が聞こえてきた。まもなくブースを仕切ってあるカーテンが開いた。タオルを頭に巻いた小田がいた。

「ワタル、ラーメン喰いにいこか」

「マジですか」寝転がっていたワタルの上半身が電気ショックをうけたかのようにビクッと跳ね上がった。

「うん」

「何で……なんですか」

「朝めし喰うてへんにゃろ、お前」

「はい」

「せやからや」

頭にタオルを巻いた小田の額には汗が光っていた。かなり素振りをしていたんだろう。

「いいんですか」

「ええも、悪いもないやろ、どうせ次の授業もさぼるんやろ、それならラーメン喰いに行った方がええやん」

いったいどういう先生なのか。ワタルは唖然としたままだった。

「……はあ……」

中途半端な返事ともため息ともつかない声を出した。

「駐車場に来いよ」

小田はそう言って、ずかずかとブースから出て行った。

エスペランサはのどかな山間にあるのでコンビニやファストフードとは無縁である。ただ、いつも行く温泉がある道の駅にレストランがあった。専門店ではないにしても、そこのラーメンはそこそこの味だった。

インスタントに毛が生えた程度の代物を出す店では今の世の中では受け入れられない。量良し、味良し、見栄え良しでいかないと客はやってこない。猫も杓子もスマートフォンを操る時代、ネット上で一度叩かれると取り返しの付かないことになってしまう。

小田は助手席にワタルを乗せて青いファンカーゴを走らせた。後部座席にはゴルフバッグとクラブが数本放り投げてある。

エスペランサの先生の多くは勉強や進路だけでなく、ゲームや流行の動画などを餌によく生徒に話しかけてくる。話すことで生徒との距離を縮めてくる。特に日常生活まで共にしている全寮制の学校では常套手段だろう。別に嫌だとは思わないが、口の重いワタルにとっては基本的に負担だった。だが、小田はそんなことはしなかった。何をするにしてもマイペースなのだ。

「本当にいいんですか」

「何が」

「ラーメン食べに行って」

「なんや、腹減ってへんのか」

「……腹は減ってますけど……」

「ほな、ええやん」

それで終わった。

後ろめたい気持ちはこの人にはないのだろうか。授業中なのに生徒を連れ出してラーメンを食べに行く、校内にいるときは暇があればゴルフの素振りばかりしている。他の人たちも知っているし、文句を言っている先生もいる。けれど全然気にしていない。

小田が担当している総合の授業では声優やコントに挑戦したり、マンガの吹き出しの台詞を考えたり、誰も知らない外国語を使っての告白ゲームとか、とんちクイズをヒントにした宝探しなど、とにかく勉強らしいことはほとんどしない。だから週に一度のその時間をみんなが楽しみにしている。ときどき手の空いている先生たちも参加する。そういう場合に小田は参加した先生を上手く出しに使って、みんなを笑わせて、大いに授業を盛り上げるのだった。

でもその一方で、大学進学希望者を対象に週に二回行われる放課後の英語の補習では、小田はもの凄くまじめに勉強を教えている。総合と同じだと考えて遊び半分で参加する生徒をいっさい認めないし、出席している生徒への課題も出すし、やってこない生徒は相手にしなかった。

補習に参加している生徒は土、日にまじめに勉強していた。真剣に進学を考えている生徒はほぼ全員が参加していた。補習には出ていないワタルには、そんな小田のまじめな姿は想像できなかった。

レストランに着くと小田は醤油ラーメンを頼み、ワタルには同じラーメンのセットメニューを頼んだ。セットにするとギョーザが三個とライスがついてくる。話せないワタルに代わって小田が注文した。ただワタルには何の確認もしなかった。

テーブルに座ってラーメンを待っているあいだワタルは身構えてしまった。何で授業に出ないのか、いつまで休むつもりなのか、このままでいいと思っているのか、などなど質問攻めにあうと考えたからだ。初めて補導された不良少年が狭い取調室に連れていかれたかのようにびくびくしていた。

やはり、いくら小田でも授業中に勝手に生徒を連れ出してただラーメンを食べにくるなんてできないだろう。絶対に認められないはずだ。しかもブースにやってきたとき、ワタルが次の授業もサボると決め付けていた。それを咎めるどころか、その前提でラーメンを食べに行こうと切り出してきたのだ。

きっと谷垣から言われたのだ。いや校長から直々に命令されたのかもしれない。小林ワタルが授業に出るのを渋っているんで話を聞いてやってくれないか、何なら厳しく言ってくれてかまわないから、なんて言われたんじゃないか。ひょっとしたら、ここでものすごく怒られるんじゃないだろうか。

小田が怒ったところをワタルは実際に見たことはない。でも、過去に数名の生徒が小田に怒られたことがあった。去年、中学を卒業した国友という生徒は、あの人を怒らせたらチョーヤバイよと言っていた。在学中は誰にでも楯を突いていた国友は卒業するまで小田にだけは敬語を使っていた。もしかしたらこういう場所でもビックリするぐらい怒鳴られるのではないか。周りに人がどれだけいようが小田なら気にしないだろう。そう思うとワタルは怖くなってきた。

しかし、いつまで経っても小田は何も聞かずにスマホでゴルフ動画を見ていた。その眼は流行のアニメに出てきた老練な刀匠のように鋭かった。

「やっぱりリズムやな、うん……ウーストヘーゼンみたいにスウィングできたら最高なんやけどなぁ……」

内容はワタルにはまったくわからない。ただ呪文のように独り言をいう小田の表情は真剣だった。

「……あの……」

「なんや」

「……お金持ってないんですけど……」

「かまへん、今日はおごったるわ……その代わり……」

来た、と思った。《その代わり授業に出ろよ》と言うだろうか。そんなセコイ手段を使ってでも授業に出させるつもりなのだ。

「その代わり、他のやつに言うなよ」

小田が動画から鋭い視線をワタルに向けて言った。

「はあ?」

「だから、ラーメンおごってもらったって他のやつに話すなよってことや。わかるやろ、ややこしいことになるから」

「……」

「他のやつは生徒だけじゃないぞ、職員も入っているぞ」

「……」

「融通の利かんアホみたいな先生が多いからな」

「……」

それから小田はまったく言葉を発しなかった。ラーメンが届いても箸を動かしながらスマホの画面に集中していた。

そんな様子を見て、もしかしたら小田はただラーメンを食べたかっただけなのではないかとワタルは思った。ばれたら、いや小林が授業に出てないから話を聞いていましたと答えられるし、ばれなきゃばれないでラーメンが食べられる。そう言えば幸平は小田のことを日本一イカレタ先生だと言っていた。

「小田さんはどうして何も言わないんですか」

勇気を振り絞ってワタルから尋ねてみた。

「どういうこと？」

「谷垣先生か校長先生かに言われたんでしょう。……なんと言うか……ぼくと……話をしてくれって」

「うん」

あっさりと認めた小田の答えぶりにワタルの方が困ってしまった。

「ほんで、なに」

「どうして何も聞いてこないんですか」

「だから、何を」

「あの……その……ぼくが授業に出ない理由とか、いつまで休むんだとか……」

小田は大きな音をたててラーメンをすすった。

「話したいんか」

「えっ」

「せやから、お前は、いま言うたようなことを話したいんか?」

「……いいえ……」

「ほしたら話さんでええやん」

ラーメンの鉢を両手で持って小田はスープを飲み干した。そしてウエイトレスを呼んで水のお替わりを頼んだ。

「ワタル、それで足りるか」

「何がですか」

「ラーメンセットだけで足りるかってことや」

「はい」

「ふーん、お前、あんまり喰わへんにゃな」

小田は食べ終わったがワタルはまだ半分以上も残っていた。小田の早食いはエスペランサでも群を抜いていた。何でも若い頃に板前をやっていたらしく、食べ物商売をしていた者は自然と食べるのが早くなるらしい。

「マジで早いですね、食べるの」

「うん、まあ気にせんとゆっくり食べたらええから」

「ありがとうございます」

小田はワタルを見つめていった。

「ただ飯食わすときだけ敬語を使うんやな、お前」

「そんなことないっすよ」

ワタルが笑った。

3

「やっぱり、そうなの」

「チョー有名な先生が来て、わたしたちのことをいろいろと分析して、先生たちと話し合っているんだって」

「マジで」

「どんな話をしたのか教えてもらえるの」

「それはないらしい」

　中学三年生の教室では二時間目の後のわずかな休憩時間に、みんなが松尾泰樹の机の周りで輪になっていた。何かのゲームをしているわけでも、隠し持っているスマホを見ているわけでもない。それぞれがそれぞれの顔色をうかがいながら少しおどおどしている。山奥のさびれたキャンプ場にやってきた若者たちが、次々と何者かに襲われていくというB級ホラー映画に出てくる主人公たちみたいな顔つきだった。

「それって誰から聞いたの」と室直哉が言った。

「武藤先輩」と加藤英恵が答えた。

「ほんとうに」

「うん、武藤先輩は中学一年からここにいるでしょう。だから今までに一回か二回、研究会に出されたことがあるって言ってた」

一番背の低い室はしかめっ面をして腕組みをした。

「じゃあ、話の内容を教えてもらっているんじゃない」と松尾が言った。

「家で親が話しているのをたまたま聞いたんだって」

「親にいくのかよ、話が」水沢健がげんなりとして言った。そして身体を大きくよじった。まるで応援していたサッカーチームが最後の最後に逆転負けをしたみたいだった。

さまざまな憶測が、風に飛ばされたたんぽぽの綿毛みたいに子どもたちのあいだを飛び交っていた。誰かが話すとその誰かにみんなの顔が向いた。

「そのチョー有名な先生ってどんな人なの」

「知らない。でも、必ず帰宅日なんだって、その研究会があるのは」加藤が答える。

「あれがそうなのかよ」

「オヤスは知っているのか」

オヤスというのは松尾泰樹のあだ名である。

「校長室のホワイトボードに《研》と書いてあるのを何度か見たことがある」

「校長室のボードに書いてあって、職員室の大きな黒板には書いてないってことは、俺たちに見せたくないからだろう」

室の頭の良さと機転の速さは校内でも一番だった。有名私立中学に合格しただけのことはある。

エスペランサでは月に一回、必ず三泊四日程度の帰宅期間を設けている。それは生徒にとって寮生活はやはりストレスが溜まるもので、それ以上に、まずは家庭の協力があってこその不登校克服であるからだ。

久しぶりにわが子が家に帰ってくるのである。好物が食卓を飾り、家族全員で帰宅を歓迎し、学校ではどんなことをしているのか、友達はできたのか、先生は優しいのかなどの話がされるのが普通である。それによって子どもは安心できて、さらに前向きになれるのだ。

しかし、中には家に帰さないで欲しいと訴えてくる親がいる。帰ってきたら部屋に引きこもってゲーム三昧になる、せっかく学校に慣れたのにまたぐーたらな生活になってしまう、などともっともらしい理由をつけて子どもの帰宅に反対してくる。当然、そんな要求を受けることはしない。しかし帰宅日が近づくたびに、いろいろとケチをつけてくる親は必ずいた。そんな親の勝手な話を聞くと上川はいったい誰の子なんですか、と怒鳴りたくなってくる。

帰宅に難色を示す親たちは、詰まるところ、子どもが邪魔なのだ。本気で帰ってきて欲しくないと考えている。

そんな家庭は極端に会話が少なく雰囲気も悪い。もちろん、家族そろっての楽しい夕食などないし、子どもが家で食べるものと言えばせいぜいカップ麺か冷えたコンビニ弁当がいいところだ。

親も子も互いに毛嫌いしているため、血のつながっていることが悲劇でしかない。こうした家庭は想像以上に多く、子どもにとって家が学校よりもさらに居心地が悪い場所になっている。

様々な社会的な要素が重なって、追い打ちをかけるように、不景気が各家庭に影響しているのは事実である。そんな環境の下で、親子関係がギクシャクしてしまう家庭が増えていることは間違いない。

「その研究会のときは親も来るのかな」と水沢が言った。

「いや、その先生と職員だけだって」と加藤。

「どんなこと話し合われているんだろう」とオヤス。

「詳しくはわからないけど、研究会で取り上げられる生徒は、やたらと面談が多くなったり、話しかけてくる先生が増えたりするんだって、あとは家にアンケートみたいなのが送られてくるらしい」

加藤英恵がまた答えた。彼女は昨年まで高校三年生の武藤恵と女子寮で同部屋だったので、研究会の情報がそこそこ入っていた。

「どんなアンケート」

「わからないけど」

「幼少期がどうのこうのってやつじゃないの、それ」とオヤスが言った。

「なんだよ、それ」

「入学するときに書かなかった、幼稚園や小学校のときの様子とか、何歳ぐらいで歩き始めたとかって」

「ああ、それって親が書くやつでしょう」と室。

「そんなことで何がわかるんだよ」と水沢の口調が強くなった。どうやらこの中では、研究会のことを彼が一番気にしている様子だった。

「俺に聞かれても知らないよ、そんなこと」室が返した。

「なんか……嫌だな……」

研究会がどんな内容か生徒たちは知らない。だが、こういった話には非常に敏感で、すぐに反応するのが生徒というものだ。高校三年生の武藤恵から伝え聞いた話は、加藤英恵から瞬く間に中学三年生たちに広まった。同時に、ネガティブな憶測に、あることないことがくっついて、どんどん大きくなっていった。まるで小魚がいきなり鮪にでもなったみたいに巨大化していくのだった。

「心理博士らしいよ、その先生って」ずっと黙っていた長峰美優がぽつりと言った。

「なんだよ心理博士って、長峰」

「よくわからないけど、精神的におかしいとか、いつかこういう病気になるとかがわかる人なんじゃないの」

長峰は少し肩をすぼめ、両手を広げて言った。こういう仕草は海外生活が長かったからだろう。そんな彼女のリアクションは中学三年生にとっては面白くもあり、時には格好良くも映った。

帰国子女である彼女は日本にもどってきてから、地元の公立中学校に転入したものの、一ヶ月も経たないうちにつまらなくなって、自ら進んで不登校になった。海外の学校とものすごいギャップを感じて、行く気が失せたのだった。一言でいえば、日本の学校には面白いことが何もないのだ。

いつも黙って先生の話を聞いて、意見があっても何も言わず、たまには授業をやめてみんなで遊ぼうと言っても、先生にはまったく相手にしてもらえない。彼女にとってそんな場所は学校ではなかった。それでもみんなと同じようにするようにと先生から注意された。それに対してわたしは人形じゃない、と言って学校を去った。だから、彼女は学校に行けないのではなく、行かない選択をしたのである。だからエスペランサでは一番タフな女の子だった。

ただ、いま彼女が発したことで生まれた別の緊張感が一気に場を支配した。精神的におかしい、いつかこういう病気になる、その二つのフレーズにみんなの顔が固まったのだ。

人が大勢いる場所だと視線が気になって動けなくなってしまう。決まっていた予定が少しでも変更されると混乱してしまう。ちょっとでも不安になったら気が散って何も手につかなくなる。その他に、自分の気持ちを抑えられなかったり、上手く語ることができなかったり、そういった様々なケースの裏側には自閉症、アスペルガー、発達障害などの多くの専門用語が隠れている。

しかし、そうした専門用語がどういう意味を持っているか、ここにいる誰も知らない。取るに足りないものなのか、病院に通ったり、薬を飲んだりすることで治癒できるレベルのものか、あるいは取り返しの付かない未来を決定付けるものなのか、知る術がない。ただ、漠然と自分たちには同世代にはない何かが潜んでいて、少なくとも、その何かは個性や才能といった明るい未来を運んでくるものではないらしい、と感じ取っていた。

校長室のホワイトボードに書かれているという《研》という一文字。いまやその一文字が彼らには《罰》や《刑》にも感じられた。いつ下されるかわからない裁きを、独房の中でじっと待っている囚人のようだった。果たして、身体の奥に潜んでいる何かは自らを助けてくれる個性なのか、いつか自分を豹変させてしまう呪いなのか。見当もつかない。そのことがなおさら不安をあおり、陰鬱な予感だけがヘドロのように意識の底で広がっていった。

《もしかしたら、俺は、わたしは……》

意識が闇の方に向いて、心が暗いものを吸い寄せていく。決して触れてはいけないお札を剝がしてしまい、封印されていた魑魅魍魎が飛び出してくる。取り返しがつかない間違いをやらかした時の焦りと後悔に似た雰囲気が教室を支配していった。

「次の帰宅日はいつだったっけ」

室直哉が言った。

「来月の中頃だったと思う」

「そう、十五日の金曜日の放課後に帰るはず」

今度は加藤英恵がはっきりと言った。

みんなの顔が上がった。まるでこの中に潜り込んでいるスパイを探すかのように、輪になった仲間たちを見回した。この中の誰かが《研》に選ばれるのか、それとも他の学年の誰かが選ばれるのか、そして選ばれた誰かにはどんな未来が待っているのか。

「俺たち中三だから、その可能性って高いんじゃねえ」

「なんで」

「だって受験生じゃん、この先どういう風になりますかって、偉い博士に聞くのは当然じゃん」

菊池肇の軽い口調にはいつものお調子者には似合わない説得力があった。さらに空気が重くなった。いつもなら夢中になってワイワイと騒いでいる時間なのに。

中学校を卒業して高校生になる。どこのどんな高校に進学するかは別にして、十四歳にとって当たり前のことで、なんら特別なことではない。けれども、彼らには人一倍の大きな不安があった。できる限り考えないようにしていたが、ここにきて卒業がはっきりと見え始めてきたので、考えないようにしていた不安がさらに大きくなって跳ね返ってきた。

こんどは上手くいくのか、新しい学校で本当にやっていけるのか、また途中で行けなくなってしまうのではないか、学校だけじゃない。将来、働けるんだろうか、いやそもそも会社に入れるのだろうか。追い討ちをかけるかのように、内側にいるやもしれぬ黒い何かが、その不安の中心に醜い姿を現してくる。

チャイムが鳴った。一瞬にして子どもたちの間にあったどろっとした緊張感の糸が切れた。一言も発せずにそれぞれの椅子に座ったものの、沈殿した不安が蠢いているのをみんなが感じていた。


エスペランサの相談室は二階の奥にあり、中学三年生の教室のとなりにあった。やや大きめのダイニングテーブルに専属の臨床心理士の熊代律子と向かい合ってワタルは座っていた。熊代は四十代のおっとりとした人当たりの優しい女性だった。フリースクール時代からの職員で、上川から絶対の信頼を受けていた。そんな彼女は敵を作らないタイプの人だった。

熊代と面接するようにと言われたとき、ワタルは素直に従った。授業に出ていないことで、また何かしらのアクションが先生からあると思っていたので、それが熊代との面接ならばまだましである。少なくともその間は先生からとやかく言われることはない。

テーブルに一枚ずつ差し出されるカードを見て熊代の質問に答えていく。インクを垂らしたようなへんてこな絵柄というか模様が多くあった。熊代はそれぞれに何に見えるか、見てどんな気持ちがするか、好きなカードはどれかなどと質問してきた。エスペランサに入学したら全員がこうやって熊代の心理検査を受けることになっている。ワタルも受けた記憶がある。今回、もう一度この検査を受けるということは、ワタルが《研》の対象であるに間違いなかった。

《研》の話はワタルの学年でも話題になったことがあった。だから同級生の中には、面接とかカウンセリングを受けると、次の《研》のまな板に自分が乗るのではないかと執拗に問いただすものもいた。そのたびに熊代はたとえそうであっても、あなたをどうこうする訳じゃないと説明を繰り返した。中には納得できずに心理検査だけでなく、面接すら拒否するものもいた。

ワタル自身は《研》についてはなんとも思っていない。というよりも、どう考えていいのかがわからないといった方が的を射ていた。自分の内面に彼自身さえも知らない何かが隠れていたところで、それを自分でどうすることもできないからだ。

でも、心配なのは間違いない。特に最近はわけもなくイライラして、すべてに背を向けだした理由が、この検査と《研》にやってくる偉い先生によって解明され、しかもそれがとんでもないものだったら、と思うとゾッとしてくる。

熊代の面接を受けているときが休憩時間と重なったので、三年生たちの話し声が聞こえてきた。ワタルは平静でいられるわけもなかった。いくら《研》のことがわからないといっても、彼らの話が耳に入ってきたら、気になって集中できなくなるのは当然だった。ワタルは何度も頭を上げてため息をついた。

「こんなときにあんな話が聞こえてきたら、それは気になるよね」ワタルの微妙な動揺を見て取った熊代が声をかけた。その声に少しだけワタルは頷いた。

「小林君も研究会のことが気になっているの」

小首を傾げてからゆっくりと視線を上げた。

「自分ではどんな感じがするのかな、今まで真面目に出ていたのに、ここ最近は何も出席していないじゃない。そのことはどう感じているのかな」

熊代の話し方にお母さんをワタルは感じた。母ではなくお母さんだ。でも、ワタルは答えなかった。

「将来のこととか、勉強のこととか、何かに悩んでいるのかな」

「……」

「もしもなんか悩みがあったら教えてくれないかな、解決できるかどうかはわからないけど、わたしとしても小林君の力になりたいから」

　この人がお母さんだったら、不登校にならなかったかもしれない。ワタルはふと、そんな気がした。

「やっぱり、言えないのかな」

「……」

「そうだよね、なかなか言えないよね、悩みを言ってといわれて、すらすらと話せるなら悩みじゃないかもしれないものね」

　悩んでいないわけじゃないと思うけど、何を悩んでいるのかがよくわからない。本当は悩んでいないのかもしれないし、悩んでいるフリをしているだけなのかもしれない。そのことをどうやって伝えればいいのかもわからない。

　ぼくみたいな人間って、どれくらいいるんだろうか。いや、こんな悩みなんて誰も感じていないんじゃないだろうか。仮に同じように苦しんでいる人たちがいたとして、どうやって克服していくんだろうか。

わからないことだらけだ、とワタルは思った。

こんなことなら、野球でもサッカーでも何でもいいからやっていればよかった。甲子園や国立を目指して、来る日も来る日も苦しい練習を続ける。それだけに集中してひたすら毎日を過ごす。勝ちたいから、晴れ舞台に立ちたいから、そんな強い思いが自分を突き動かしていく。励ましあう仲間がいて、負けたくないライバルがいて、そんな青春を過ごしながら成長していく。

きっと不登校になる暇なんてないんだろうな、とワタルは思った。だが、たとえ時間が反転して小学生に戻ったとしても、そんな生活に耐えられるわけがないのはワタル自身が一番よく知っていた。

ワタルは小さく笑った。

いつだってそうだ。いつだってなにもできやしない。付録みたいにくっついているだけだ。どこに行っても場違いなままで、異物でしかない自分をどうすることもできない。

ワタルはまたイライラし始めた。

「面白いですか、こんなことして」

この面接で、ワタルは自分から初めてしゃべった。

「面白いとかじゃなくて、わたしはずっと児童心理学を勉強してきたし、これが仕事だから」

「その……児童何とかって……面白いんですか」

「うーん……面白いというか……何かで悩んでいたり、困っていたりしている子どもの力になれたらいいかな、って思っているんだけどね」

熊代はやんわりと、そしてまじめに答えてくれた。ワタルはもやもやした気持ちを話せるものなら話したいと思ったが、言葉が出てこなかった。その様子を熊代は静かに見守っていた。そこには大概の先生が持っている威圧的な空気はなかった。少しだけイライラが収まってきた。

時として、先生は友達のように気楽に話しかけてくることがある。そんな態度の裏には《大丈夫だ、先生だから》という押し売りに近い圧力が隠れている。できる限り生徒の近くにポジションを張って、些細なことにでも関心を示す。こんな近くまで生徒の懐に入り込めるんだ、という連中のドヤ顔が透けて見える。そうやって教師としての腕に満足して悦に入る。少なくとも熊代はそんなタイプの先生ではなかった。

ワタルはじっと頭をたれて大きく一つ息を吐いた。どこかで幸平は見てくれているんだろうかと思った。

「何がわかるんですか、……こんなことして」

また、ワタルが言った。

「小林君の性格を把握するためにしているのよ」

「性格がわかったら……ぼくはどうなるんですか」

「どうもならないよ、ただ小林君はこういう傾向があるってわかれば、これから先のことについても良いアドバイスができるじゃない」

この検査から心の状態や思考のパターンを類推する。それを基に小林ワタルはこういう人間で、こうした傾向があるというデータを作る。そのことを踏まえてどこかの偉い先生がやってきて、ここの先生たちとワタルを分析していく。

もちろんその見解がすべてじゃない。でも、専門家の意見を聞くことは職員にとっても大切なことで、《研》の目的はそこにあるんだ、と熊代は説明してくれた。

実験動物みたいだ、とワタルは思った。

自分の知らないところで小林ワタルはこういう人間ですと定義されて、定義された小林ワタルからはみ出さないようにしていかないといけない。すると、いま面接をしている小林ワタルとはいったい誰なんだろう。

最近、急にやる気が失せてしまった理由を見つけたとして、それで何が変わるんだろうか。やはり熊代も『けれど』が付く人だ。

ワタルはたまらなく幸平に会いたくなった。

面接は途中だったがワタルは黙って立ち上がって相談室を出て行った。ワタルがこんな行動をとることに熊代律子は驚いた。彼女以上にワタル自身が驚いていた。あのイライラのせいだと思った。となりの三年生の教室から岩木の威勢のいい声が聞こえていた。

その日は幸平はやってこなかった。


「特別に変わったことはないです。まあ、気が向かないだけじゃないですか」

研究会の席で小林ワタルについての意見を尋ねられた小田はのん気にそう答えた。

「気が向かないというのは」

その日の司会を務めていた教頭の堂林が突っ込んできた。

「う〜ん、どう言っていいか……本人にもわからない状態で、なんとなく、すべてが嫌なんでしょうね。でも、いまワタルを無理やり授業に出しても、さらに悪くなるだけだと思いますね」

「どうして、そう思うんですか」

「授業に出ないといけないことは、ワタル本人が十分にわかっているからです」

自信満々の小田の意見が研究会の雰囲気をかなり刺激した。彼が口にしたことはおそらくは職員全員が思っていたことだった。確かに、その通りかもしれないが、教員の立場からすれば、それを言ったらおしまいでしょう、となってしまう意見だった。

「そういう状態をなんとかするために、ここに来たわけだから、今のままじゃいかんでしょう」

堂林が言った。それは先生として正しい解答だった。小田はそれ以上何も答えなかった。

「小林君の場合はもう三年いるわけですから、ここでの生活の流れも、各教員の性格も十分にわかってきているし……もしかしたら、甘えが出る時期に来ているのかもしれないですね」

上川が落ち着いた口調で言った。

小林ワタルに関しての意見や情報を聞いて、その内面を分析していく研究会に顧問として参加している臨床心理士の澤登欣司は視線を上川に向けた。

臨床心理学の世界では、澤登はそこそこ有名な人物で、都内にカウンセリング相談室を持っていて、専門書も何冊か出版している。上川とはエスペランサを立ち上げる前からの付き合いで、澤登が主催する児童心理勉強会に上川が出席したことがきっかけだった。

生徒たちは帰宅しているので校舎内には職員しかいない。国道を走るトラックの音もいつも以上に大きく聞こえた。

研究会は二階の多目的教室で行われていた。机をコの字に並べて、正面に当日の司会と澤登が座って、二人を囲むように残りの職員が座る。研究会で検討する生徒の事例についての資料は、対象者の担任と熊代が中心となって作成される。そして、事前に全職員と澤登に配付される。守秘義務を守るために、終了後は基本的に各教員が責任を持って管理し、必要でない場合には熊代に返して彼女がすべてシュレッダーにかける。その際には誰が返して、誰が個人管理して持っているかを毎回チェックしていた。そして一部だけが臨床部の研究会個人ファイルに入れられる。そのファイルが入っている棚は施錠されていて、鍵は熊代と上川が持っていた。

生徒の個人情報については神経質になるぐらい注意して扱わないといけない。とくに内面に問題を抱えている子どもたちの知能検査や家族構成などを含めた内容が記されているので、慎重な上にも慎重に扱う必要があった。だからほとんどの職員が必要事項は個人的にメモ書きして、研究会が終わるごとに資料は熊代に処分してもらっていた。

この日の検討対象となった小林ワタルについて、担任の谷垣が中心となって、授業を含めた日頃の生活の様子で気になったことを全職員から聞き取り、その内容と態代の面接や心理検査結果とを合わせてＡ３の用紙にまとめていた。

澤登は知能検査や個別面談といった形式的な場面での情報も必要だが、それよりも何気ない日常会話の中に問題の核心につながるヒントがあると考えていた。だから、研究会ではいろんな職員からの話をよく聴くように心がけていた。

全員が集中していた。

思春期の子どもの内面を理解することはきわめて困難なことだ。だからこそ、対象となる生徒について、いろんな職員がさまざまな意見を出して検討を重ねていく。そうやって不登校生への対応力をつけていく。はっきりとしたマニュアルなどない以上、多くの事例から学んでいくしか方法がない。生徒たちが同じ過ち、すなわち再び学校や社会に背を向けてしまうことがないように、指導していくことはエスペランサのゆるぎない最大の使命であり、そこにこそ存在意義があった。

形式的な面接や検査結果、そしてカウンセリングから、授業中の態度に発言、食事中の様子、友人関係、風呂場などでの雑談まで、さまざまな角度からの情報を共有し、分析し、心情を探り、プロの臨床心理士の意見を聞く。それは不登校生を理解するうえで絶対に必要なことだった。だから、上川は開校当初からこの研究会を非常に大切にしていた。

細かなものも含めて、ワタルについていろんな意見が出され、今後の対応が協議されていた。何しろエスペランサにきてまた不登校になったのでは意味がないのだから。全体としては小林ワタルについて《甘えが出る時期》という上川の見解に傾斜していった。澤登もおおむねその意見に賛成の様子だった。会が始まってそろそろ一時間になる。

なんとなく胸に突っかかっていたものの正体が少しだけ谷垣にはわかってきた。小林ワタルのようなケースを《甘え》と特定していいものなのか。不登校で苦しんだあとにエスペランサに転校してきて三年が過ぎた。ここの生活にもなれて、少しずつ積極的になりはじめ、授業や課外活動にも出席するようになり、放課後には仲間たちとスポーツもするようになった。

ワタルがやってきた頃に谷垣が抱いていた《こいつ、本当に大丈夫なのか》という不安はすっかり消えてしまっていた。それはワタル自身の大きな成長であり、進歩である。そうした自覚と手応えがあったからこそ、エスペランサの高等部に残ることをワタルは自分で決めたのだ。

不登校の期間が長ければ長いほど学力は当然低くなる。中学生でも分数が解けない、高校生でもまったく英語が読めない、そんな生徒はおどろくほどいる。だから、やる気がいくらあっても授業に付いていけず、そうした現実を目の当たりにすることで、教室を遠ざけてしまうことは多い。

小林ワタルもお世辞にも勉強ができる方ではない。英語にしても数学にしても中学レベルでさえも解くことができない。また、障害があるかどうかはわからないが、熊代律子による心理検査結果はグレーゾーンだった。

何より成長したといっても、相変わらず人見知りが激しく、自分の気持ちを言葉で表現することもままならない。それでもワタルは真面目に学校生活を過ごしてきた。理解できなくても、やる気がなくても、授業だけでなく他の活動にもずっと参加してきた。規則を破ることも問題を起こすこともない。少しずつだが笑顔も増えてきた。

そんなワタルはエスペランサでは模範的な生徒だった。それが谷垣の知っている小林ワタルだった。不器用だけれども黙々と取り組む姿勢に大いに好感を持った。だからこそ何とかしてやりたかった。

そんなワタルにサボるという行為は似合わないし、《甘えが出る時期》という見解は筋違いに思えたのだ。だから谷垣は納得できなかった。仮にそうであれば、なぜこの時期に甘えが出てきたのか、その甘えに対して我々はこれからどう向き合うのかという点にもっとフォーカスしないといけないのではないか。

さらに、甘えが出てきたとする判断は、教師側からとても推測しやすいベクトルの上にある。とにかくそれに当てはめさえすれば、すべてが理解できたような気持ちになるものだ。ワタルだけではなく、ここの生徒全員がすっぽりと収まる万能型の方程式に思えたのだ。ばらばらに見えていた多くの出来事が、一連の理に適った筋読みから、真犯人が浮き彫りになってくる。《甘え》という見解がそんな二時間ドラマの名探偵のできすぎた推理みたいなものに思えたのだった。

谷垣は自分と熊代が作った資料とメモした内容を何度も読み直しながら首を傾けた。

「澤登先生、小林ワタルのようなケースに甘えが出てきたとする見解以外に、考えられることってあるんでしょうか」

「それはあるでしょうね」

「具体的には、どんなことなんでしょう」

「この子の場合、この学校に来て三年が経っているわけですよね。だからいろんな場面で何をやればいいかは十分にわかっているはずです。こういう時に子どもっていうのは往々にして大人を舐めてくる、というか試してくるんですよ。やってはいけないと言われていることをあえてやってみたりしてね。一度はそういう時期がくるんです、反抗期に似た感じです。この先生はどこまでなら許してくれるのか、こっちの先生はどうだろう、という具合に。従順になってみたり、逆らってみたりしてね」

「そういう変化はもっと早くに出てくるものじゃないですか、三年経って急に出てくるものなんでしょうか」

「そういう場合もあるってことです」

「でも、そうやってこの学校の水に慣れてきて、甘えが出るのは健全なことですよね」

「そうですね」

中途半端な物言いで澤登は視線を上川に移した。

「甘えが出てくると授業に出なくなったり、校内活動に参加しなくなったりするものなんでしょうか」

「まあ、そういうことはありますね」

消化不良の問答が続いた。もっとも、思春期のメンタルを的確に言い当てることは不可能なのは谷垣にも理解できる。だが、澤登の意見には鋭さというか、プロらしさが感じられなかった。ああ言えばこう言う型で、まるで轆轤の上に載せられた粘土の塊と同じで、どうにでも好きに扱うことができるのである。

「でも、それでは集団生活では許されないだろう」貴志川が入ってきた。

「やっぱり、この学校に入学した以上はここのルールを守らないといけない。そういう訓練をしているわけだから、いつまでも不登校だからいいという枠に入れておけないよ」貴志川と同期の田部も続いた。

「ぼくはそんなこと言ってません。甘え以外の可能性を聞いているんです」

「そんな、可能性のことを言い始めたらきりがないよ」今度は堂林が言った。

国道を走る大型トラックのクラクションが聞こえた。

そろそろ紅葉が始まる時期だが、長引いた夏のためにまだまだ山の緑は元気いっぱいだった。土日ともなると、エスペランサのある集落を通る国道には、観光客を乗せた大型バスやツーリングを楽しむバイクなどで交通量はかなり多くなってくる。

谷垣は落ち着けと自分に命じてからゆっくりと話し出した。

「少なくとも、みなさんが知っている小林ワタルは授業をサボったり、規則を破ったりするタイプの生徒じゃなかった。そんな生徒が突然すべてに背を向けたんです。甘えが出始めたのなら、なぜこの時期に出るんでしょうか。それに規則だから守るように指導してもワタルが従わないのはなぜなんですか。高校になってから彼はサボることなんて一度もなかった生徒なんですよ。

ぼくはワタルにはわれわれが知らない内面があって、その部分が今回の彼の行動に大いに関係しているんじゃないかって思えるんです」

谷垣は自分の考えを素直に述べた。

「じゃあ、ワタルにはどんな内面があるのかね」上川がそう返してきた。

一瞬、谷垣は固まってしまった。まるで理解不能な外国語で質問された気持ちになった。

「わかりません、だから質問しているんじゃないですか」

自然と語気が強くなった。みんなの視線が谷垣に集まった。

「そりゃ、わからない内面は誰にだってあるだろう」

「谷垣君だってすべてをさらけ出しているわけじゃないでしょう」貴志川と田部がまた続けて言った。

「ぼくの話をしているんじゃないでしょう。知らない内面は誰にだってあることぐらい知っています。ただ、小林ワタルのようなタイプの子どもにとって、学校に背を向ける行為が何かしらの悪い予兆ではないか、もしもそうであるならば、どんな可能性が考えられるのかを聞きたいだけなんです」

　身体がさらに熱くなっていった。

「どういう内面があったとしても、この学校の生徒なんだからまずは規則を守らないと、彼は昨日や今日やってきた生徒じゃないんだから」上川が言った。

　どうも話がかみ合わない。規則を守ることにケチをつけているんじゃない。ワタルの内面を検討する会で、澤登というプロが来ているのだから、あらゆる可能性を聞いておきたいだけなのだ。

「規則を守らなくてもいいなんて言ってないじゃないですか」

「だから、ワタルにぼくらを見定める余裕のようなものが出てきて甘えている。そういう見解にたってまず考えようと言っとるんだ」

「その読み以外に何があるのか聞きたいんです」

「もう、だから」

　しかめっ面の上川が呻った。その言葉にはいちいち逆らう若手を見下す、立場が上の人間の響きに満ちていた。

　時間が止まった。

　そのときの上川の顔つきが谷垣の脳裏にしっかりと焼き付いた。熱くなった身体を谷垣は必死に落ち着かせた。同時に何かが抜けていくのを感じた。かつて彼が教員として勤務した公立の学校で感じたあの幻滅にかなり似ていた。

「じゃあ、とにかく今は甘えだという見解でこれから指導に入ってください。まずはそれからだ」

不機嫌なまま上川が研究会を締めた。澤登も何も言わなかった。甘えだという見解で指導して、と上川は言うが、具体的になにをどうしろというのか。蘇ってきた幻滅の中に谷垣の叫びが消えていった。

職員たちの多くは谷垣の意見よりも、機嫌を損ねた上川に注目していた。中には谷垣に対してよく言ったと思っているものも何人かいるだろう。けれども思うだけで誰も援護射撃をすることはなかった。

学校という組織には年功序列が深くしみ込んでいる。それは教員という職が学校の実践経験の上だけに成り立っているからだ。そのために、ベテラン教師がどうしても優遇され、若手はそうしたベテランから学んでいくしかない。学術書やノウハウ本をいくら読んでも、知識としては使えるかもしれないが、それがそのまま現場に当てはまることはない。

同時にベテランの見解は一方通行の裏通りみたいに狭いものであることが多い。しかも彼らは自分の見解に強い自信を持っており、その姿勢は時に井の中の蛙でしかない。教員という世界しか知らないために、多くのベテランは何よりも自分の尺度を優先してしまう。教師は世間が狭いと言われる理由の一端がここにある。

ワタルの行動を甘えと判断したとして、そこから具体的にどう指導をするのか。その指導がうまくいかなかったらどうするのか、その判断を誰がいつどうやって決めるのか。誰にもそのことがわからないままである。

最近、谷垣は長としての上川に、他の意見を寄せ付けない傲慢さを感じることが多くなってきた。表向きは、いろんな意見を出してくれとか、授業やイベントなどで、新しい試みに挑戦して欲しいなどと言ってくるが、出された提案や意見を検討している兆しがまったくない。職員会議のたびに、ただ上川が自分の考えを語り、反対意見が出てこないまま、それがそのまま結論となる。

以前までは、谷垣はかなり新しい企画や意見を出していた。実際に彼の提案が採択され実行されたこともあった。すべては生徒のためであり、学校をよりよくしたいという純粋な気持ちからだった。けれども、今では発言回数はかなり減った。もちろん、新しい提案がないわけではない。ただ、いまの上川を見ると語りだす気になれないのだ。すべてを牛耳っている上川と息のかかった幹部の前では、外様である谷垣らの若手が付け入る隙がないのである。

創始者であるがゆえに、自らが先頭に立って引っ張っていかなければならない責任と決意があるのはわかる。実際にエスペランサがここまでなれたのは上川がいたからだ。そこへのリスペクトはある。けれども、それと反対意見を言うことはまったく別の話だ。

確かに全体で一つの意見にまとめるのは難しいことだけれども、だからこそ、各生徒に対しての具体的な対応策と、その結果に対しての話し合いや振り返りを、しっかりと行っていくべきだ、と谷垣は考えていた。決してマンモス校ではなく、せいぜいが五、六十名ほどの生徒しかおらず、しかも全員が不登校生であるならば、教師側のそうした行動はやらねばならないと考えていた。

このことは岩木をはじめとする若手たちとも何度も話し合ったし、フリースクール時代から働いている先輩職員にも相談したこともある。さらに、そんな意見や提案をまとめたものを、上川に提出して職員会議で検討してほしいと願い出たこともある。けれども、うやむやにされたままで、最後には今後も検討していきましょうと先送りされたまま、お蔵入りになった。

別に反旗を翻しているわけじゃない。与えられたことだけをこなすのであれば、こうした研究会や職員会議などをする意味がないではない。谷垣はここも従来と同じ学校だったのかと感じ始めていた。

会が終わると小田が真っ先に帰っていった。

「なんでなんでしょうね」落ち着いてから岩木が言ってきた。

「なんか、あんな感じだったら研究会なんてやる意味がないよな」と谷垣が応じた。岩木も大きく頷いた。年齢のためか、それとも性格のためかはわからないが、上川はすっかり変わってしまった、というのが谷垣の印象だった。

エスペランサなら大丈夫だろうと思っていた。しかし、あの嫌な感じが質の悪い夏風邪のようにぶり返してきた。

4

ようやく夏の異常な暑さが終わり、やっと秋の気配がしてきたのは十月に入ってからだった。ある日に降った雨を境に、寒暖差が大きくなると、エスペランサを取り巻く山々は、思い出したかのように秋の色合いを深め、紅葉が目立つようになった。

その日、朝の打ち合わせの時に、上川から一つの提案があった。先日、近くの農園の方から子どもたちを連れてみんなでジャガイモを掘りにこないかという誘いがあり、上川はぜひ参加させて欲しいと即答した。そこで今日は授業時間を変更して、全員でジャガイモ掘りをしに行くことに決まったのだ。

エスペランサではこうした地元との交流をとても大切にしている。地元の人との付き合いは、わずかでも学校以外の社会と接点を持つことになり、そうした経験は引きこもりがちな生徒たちにとって重要だと考えていた。親でもない、先生でもない大人と過ごす時間は彼らに最も足りないものである。

さらに上川は収穫したジャガイモを、先月に台風の被害を受けた地域の人々に送ろうと言った。

「その時に、生徒ひとりひとりに短くてもいいから手紙を書いてもらって、一緒に送ろうと思うんです」

満足そうに上川が語った。もちろん反対する職員はいなかった。

朝の打ち合わせが終わると、さっそく放送を入れて、全生徒を大教室に集めた。大教室は一階にあって普通教室二つ分の大きさだった。五、六十名が十分に座れるだけのキャパがあったので、全校集会はたいていここで行われていた。

一時間目が始まる前だったので、集まった生徒たちの半数がまだ寝ぼけており、中には頭髪がビジュアル系ロックグループのド派手なボーカリストみたいに、飛び跳ねているものもいた。

谷垣は集会が始まる前に、ワタルのブースに行って彼を大教室につれてきた。ジャガイモ掘りのことは言わなかったが、校長先生の話だから出てくれないかと説得したのだ。すると意外とワタルは素直に頷いた。

教壇に立った上川はまず、おはよう、とみんなに挨拶をした。どこかボーッとしている子どもたちの挨拶が、あぶくのようにぽつぽつと湧いた。もう一度、上川はさっきよりも大きな声でおはようと言った。返事は変わらなかった。そのまま今日の活動について話をはじめた。

「日本という国は天災が非常に多い国だよね。そしてこの瞬間も、このあいだの台風で大きな被害を受けて困っている人たちがいるわけです。その人たちのために、ぼくたちができることはなにか、と先生は考えました。

本当は現地に行って泥をかき出したり、ごみを集めたり、あるいは避難所でお手伝いをしたいけれども、ぼくたちにはそういうことはできない。でも、収穫したジャガイモを送ることはできるし、苦しんでいる人やボランティアの人たちに心をこめた手紙を書くことはできる。

だから、今日はみんなでジャガイモ掘りをして、被災された人たちに手紙を書いて、箱詰めしたあと郵送しようと思います。今日はそういう活動にしたいから、よろしくお願いします」

上川は気持ちよさそうだった。教室の前方には堂林や貴志川、田部などの年配教師が並び、壁沿いと後方に若手が並んでいた。谷垣は一番後ろにいたワタルの隣に座っていた。

ワタルは黙って前を向いていた。その姿は話を聴いているようにも見えるし、聴いていないようにも見えた。たとえジャガイモ掘りに参加できなくても、ワタルが集会に出てきただけでも良かった、と谷垣は考えていた。

　東側の窓から差し込む陽差しを浴びて、何人かの背中が輝いていた。だが、ほとんどが頭をうなだれて、ぴんと張り詰めた緊張感はまったくなかった。朝一であることだけが理由ではない。大方の生徒がジャガイモ掘りをめんどうくさい、と思っているだろう。まあ、この年頃なら当然のことだ。

「せっかくみんなの心をジャガイモと一緒に送るのだから、先生としては君たちの気持ちを大切にしたい。ジャガイモを掘って、心をこめた手紙を添えて、そして被害にあわれた人たちの元に送りたい。その人たちに少しでも元気になってもらいたい。そう思ってくれる生徒に参加して欲しい、だから強制はしたくない」

　上川の話を聞いて、谷垣はいやな予感がした。朝の打ち合わせでは全員でジャガイモ掘りをすると言っていたはずだ。壁沿いに立っていた小田は両手で作っていたグリップを解いて上川を見つめた。

　上川の言わんとすることはまともだけれど、素直に受け入れる生徒がどれだけいるかは別の問題である。自主的な参加を求めて、どれだけの生徒がついてくるのか、谷垣は不穏な空気を感じた。

「さあ、ジャガイモ掘りに参加しようと思ってくれる生徒は手を挙げてください」

元気のいい声を上げた上川は笑みすら浮かべて自ら手をさっと挙げた。

ところが、そんな期待と裏腹に、集まった生徒たちは、氷水の中に放り込まれたかのように固まったまま、手を挙げたものは見事にひとりもいなかった。男女問わず、中高問わず、誰ひとりとして挙手しなかった。

全員とまではいかないまでも、ある程度の生徒が手を挙げてくれて、ジャガイモを掘り、手紙を書いて、郵便局まで全員で持っていく。帰り道、たそがれていく秋色の夕陽が子どもたちを照らし、国道沿いの歩道に行儀よく並んだみんなの影がエスペランサに向かう。

ほのぼのとした笑顔に満ちた風景、生徒と先生の信頼感が湧き出てくる場面、まさに絵に描いたような学び舎の姿。それに近い絵が見られると上川は思い描いていた。

それがものの見事に外れたのである。外れたどころではない、生徒たちはみんなうつむいてうんざりしている様子だった。

朝一番からわざわざ集められたと思ったら、一方的にジャガイモ掘りを決められて、めんどくせぇ～という声にならぬ声が大教室の隅々にまで行き届いていた。ため息と眠気、そしてバカバカしさ、それらが混ざり合った顔つきの生徒たちが並んで座っていた。

もちろん、ひと昔前の学園ドラマのように、全員が眩い笑顔で、元気よく応じてくれるとは上川も思ってはいなかった。しかしながら、無関心さを前面に押し出して、欠伸をかみ殺して座っている生徒たちの姿は、二十年以上にもわたって不登校生を支援してきた上川への無残な絶対評価でもあった。

「淋しいなあ」

軽快で元気の良かった声が低くてどすのきいた声に変わった。

「被害にあった人たちにジャガイモを送ってあげようという気持ちのある生徒はいないのかね」

低くて太い声がさらに尖って、憤慨した先生の声となった。

「もしも君たちが被害にあったとしたら、そういう気持ちってありがたいと思うだろう。そういう心を大切にして欲しいと先生は思います。もう一度、聞きます。ジャガイモ掘りに参加してくれる人は手を挙げてください」

怒りの混じった上からの強制だけがその尖った声に感じられた。いみじくもその声はエスペランサにやってきた生徒たちが、かつて背を向けた学校にいつも響いていた声だった。

中学生のうち、二、三人が周りを気にしながらぎこちなく手を挙げた。それはただ挙げないと怒られるという怯えが、彼らの腕を吊り上げたに過ぎなかった。

繰り返したにもかかわらずほとんど手が挙がらない。まさに人生をかけて、ゼロから作り上げてきた学校で、育ててきた生徒たちに、後ろ足で砂をかけられた格好になったその顔は何とも言いようがないほど痛々しかった。

上川は顔が引きつってやや赤くなり、身体も熱くなっているのが自分でもよく分かっていた。思い描いていた場面が無残にも崩れると、おめでたいシナリオに陶酔していた自分自身がさらに惨めに思えてきて、恥をかかされたどころではなくなった。

谷垣は見事なまでに在校生に裏切られた校長に、とてもじゃないが目を向けられなかった。教師としてこんなに痛々しい姿はない。

さらに上川が何かを言おうとしたとき、高校一年の杉谷太一が立ち上がって語り出した。

「台風は天災であって、いつ誰に被害をもたらすかはわからないじゃないですか。つまり運が悪かったたってことでしょう。それにボランティアをするかしないかは個人の問題じゃないんですか」

「君は困っている人たちを見てもなんとも思わんのかね」

「そりゃ、かわいそうだと思いますよ」

「じゃあ、どうして手を挙げないんだ」

「ぼくらが参加しなくても、その人たちを助ける人は多いでしょうし、ジャガイモを送ったところでどうなるわけでもないじゃないですか」

いかにも空気の読めない杉谷らしい意見だった。歯向かうとか、ケチをつけるとか、あるいはみんなの前で目立とうとしているわけではない。もちろん上川を怒らせてやろうと、企んでいるわけでもない。彼はただ素直に自分の意見を述べているだけである。むしろ上川から『うん、杉谷の考え方の方が正しいな』と言われることを、半ば本気で考えていた。

「ぼくも杉谷先輩の意見に賛成です」

中学三年の室が続いた。

それを皮切りにいろんな意見がどんどん出てきた。関係ない、放っておけばいい、ジャガイモなんて送っても意味がない、などの声があちこちから上がりだしたのだ。思い描いていた絵とはまったく違っただけでも惨めなのに、その風景がさらに悪い方向に流れ出した。そんな様子を目の当たりにした上川はより感情的になり始めていた。

「そんなことで良いと思っているのか！」

上川より先に堂林が声を荒げた。

「君たちだって学校に行けなくて辛い時期があっただろう。そんな経験があるのになぜ人助けに協力しようと思わないんだ」

「お前たちは校長先生の言わんとしていることがわからないのか」

「おなじ日本人が困っているんだぞ」

貴志川、田部らのベテランも加わった。彼らの怒号によって大教室はいったん静かになった。他の職員も難しい顔をしながら集会の行方を固唾をのんで見守っていた。ただひとり小田だけが笑みを浮かべていた。まるで缶ビールを飲みながら、外野席から野球の試合を楽しんで見ているかのような笑みだった。

自分自身を落ち着かせてから上川が言った。

「これからさき、君たちは社会に出て、世の中を支えていく人材になっていくんだ。生きていく中で一番大切なのが感謝する気持ちなんだ。台風の被害にあって避難所生活している人のなかで、たとえひとりでもわれわれが送ったジャガイモを食べて、あるいは君たちが書いた手紙を読んで、おいしいな、ありがたいなって思ってくれたら嬉しいじゃないか。みんなにはそういった誰かのためになることを率先してやれる人間になってほしい。先生はそのためにこの学校を、エスペランサを作ったんだ。そして心に傷を負った君たちのような子どもにもう一度元気になって欲しいんだ」

異変がそこまで迫っていた。筋の通った上川の説教は、いったん背を向けた生徒たちにはまったく響かなかった。それは磁石の同じ極を無理やりつなげようとする行為と一緒で、修復できない亀裂がすでに大教室にいる教員と生徒のあいだに出来上がっていた。

間違いなく上川は正しい。でも、子どもたちにその正しさが素直に響かない。響かないどころか、愚にもつかない戯言にしか聞こえていない。子どもはそういうもんだ、といってしまえばそれまでだ。だが、教員としてこんなに淋しいことはない。おもわず『淋しいなあ』と言った上川の気持ちは谷垣にもよくわかった。

あらためて谷垣は今日の集会を心に刻んでおこうと思った。教師として生きていく以上はこの気持ちを忘れてはならないと思った。

いじめや虐待などといった辛い過去によって周りと関係が作れない。発達障害や自閉症によって周囲から白い目で見られる。だから、他人を避けて、引きこもるしか術がなかった。十代前半でそんな経験をすれば精神が歪んでしまうのも無理もない。そういった過去が、乗り越えたくても容易に越えることのできない大きな壁になっている。

空気の読めない発言、思いやりのない行動、自分さえよければいいと平気で考える性格。そういう子ども同士だからいざこざが絶えない。どちらかがちょっとだけ抑えれば、何の問題にもならないことなのに、いつまでも互いに我を通して、引くことをせずにいがみ合い、果ては手までが出てしまう。何とか仲裁に入って、いざこざを片付けたところで、すぐにまた人と場所を変えて、似たような問題が起こる。

なぜわからないのか、と怒鳴りたくなってしまうのはここでは日常茶飯事なのだ。しかし、いくら跳ね返されても向かっていかねばならない。その行為は、気高くもあり、悲しくもある。ただ、教師としてここで働く以上、無駄だと言ってはいけない。たとえ幾度となく跳ね返されようが背を向けるわけにはいかない。

思い浮かべた理想と子どもたちの現状とのギャップを、これほどはっきりと示されれば、上川もなかなか冷静さを取り戻せなかった。ましてや、彼は創設者である。学校に行きたくても行けなくなった子どもを救うために、勤めていた学校を早期退職して、私財をなげうってフリースクールを開き、学校法人にまで育て上げてきたのだ。そのためにあらゆることを犠牲にして、すべてをエスペランサに捧げてきたのだ。

その意味では上川は立派だった。

しかし、学校なのだから生徒は先生の言うことを聞くべきだ。もっと言えば創始者だから、校長だから、エスペランサに在籍している生徒たちは自分の言うことを聞くべきだ。そんな圧力が上川の意図とは別に先行し始めていた。意識していなくても、その一挙一動がそういう空気を醸造してしまっていた。少なくとも子どもたちはそう受け取ってしまう。

どーんと重たい何かを、いきなり背負わされた感覚をワタルは覚えた。その何かは自分の体重よりもはるかに重いものだった。うなじの辺りから肩甲骨、そして背骨に沿って、その重い何かの尖った部分が当たり、じんじんと痺れてきている。少しだけ前かがみになって胃袋の辺りに力をこめた。そうしないと吐きそうだった。

呼吸しようとしても、上手く息を吸い込むこともできなくなってきた。胃だけでなく下腹にも力を入れて、鼻から少しずつ息を吸い込んでゆく。背中に乗った重い何かのために、横隔膜が窮屈になって固まってしまった感覚だった。なかなか上手く息ができないまま、身体をさらに前のめりにして、まだ手で胃の辺りを押さえていた。

鼻呼吸をするものの思うようにできない。細いストローでシェイクみたいなどろりとした飲み物を吸い込むように、ゆっくりと力を込めて何度も浅い呼吸を繰り返すしかなかった。エスペランサに来る前に、学校に行く時間になると、必ず起こったお腹のぐにゅぐにゅどころではなかった。身体が熱くなって、こめかみに血管が浮き、額に大粒の汗が噴き出してきた。

しばらくの間、重苦しくて奇妙な沈黙が大教室を支配していた。いったいいつまでこのままでいるのか、と思っている生徒たちは、今にも怒鳴りだしそうな校長の表情に、忌み嫌っていたかつての学校の先生を重ね合わせているようだった。

するとと中学三年生の室が立ち上がって言った。

「最初に校長先生は自主的に参加して欲しいって言ったじゃないですか。だからぼくらは自主的に参加しないことを選んだだけです。それの何が悪いんですか。そんなにやらせたいなら、最初から強制すればいいでしょう。自主的な気持ちを大切にしたい、と言っておいて、自分の思い通りにならないからって、こっちに八つ当たりされても迷惑ですよ」

その言葉で大教室はピーンと空気が張った。教員らの顔立ちが一気にいきりたった。亀裂の底で頑丈な基盤がグラグラと揺れ始めた。よくもまあ、そんなことが言えたものだと谷垣もあきれてしまった。

「室、お前は自分の言っていることがわかってんのか」

貴志川の太い声が響いた。

「わかってますよ、貴志川先生こそわかっているんですか、自分の言っていることが」

「上川先生に対して失礼だぞ」

「いつもぼくらは校長先生の思い通りに従わないといけないんですか。ひとりひとりの自主性を尊重するんじゃないんですか、ここのパンフレットにも書いてあるじゃないですか」

明らかに余裕を持って室は答えていた。その余裕がどれだけ大人の神経を逆なでするかを彼は十分に理解している。どういう言い方をすれば相手が激昂するかを知っているのだ。その相手が生徒だろうが親だろうが先生だろうが、室には関係ない。

室直哉は理屈をこねさせると一歩も引けをとらない。偏差値の高い私立中学校に受験し入学しただけあって頭は良かった。

けれども相手の言葉尻に付け込み、揚げ足を取って、重箱の隅を突く、そして故意に空気を読まずに相手を貶す。そんな彼の性格は手に負えなかった。こう言うと相手がどんなに気分を害するかをわかった上で、わざと相手を苛立たせるひとことを口にするのである。だから前の学校でもつま弾きにされ、教員を含めた全員から無視されたあげく、エスペランサにやってきたのだった。中学側から引導を渡された室は無視されたことぐらいで反省する玉ではない。

そんな室は以前にもバターとチーズの違いでケチをつけた。

ある授業中のこと、何かのきっかけから授業が逸れてたとえ話になった。それはミルクが入った壺におちた二匹のカエルの話だった。

一匹は落ちてしまった運のなさを嘆いて静かにミルクの底に沈んで息絶えた。もう一匹は何とか脱出しようと、もがくだけもがき続けた。けれども壺から出られない。それでも、もがき続けたが、やがて体力も限界を迎え、もうダメだと思ったとき、ミルクがチーズになって壺から脱出できた。

あきらめない気持ちを尊ぶたとえである。ある意味で語る側が悦に入ることのできる話でもあった。しかし、チーズと聞いた直後に室は、ミルクをかき混ぜてもチーズにはならない、と切り返した。わかりやすいたとえ話にそんなケチをつける必要はないのだが、室は頑として引かなかった。

「できるのは蘇というんです。自信満々で話すならもっと勉強してきてください」

そう言って彼は鼻で笑ってみせた。

そんな室は教師間でも嫌われている。もちろん誰も露骨には言わないし、また、嫌っているからといって邪険に扱うこともない。しかし、そういった彼の部分を何とかしてやろうと思ってもすべて裏切られてきた。さしのべた手にいつも泥をぬられて、平気でいられるほどできた人間は、たとえ教師でも多くはない。したがって室直哉はエスペランサ内でもっとも忌み嫌われる生徒であった。

室の言い草を耳にしたワタルの中の息苦しさが、猛烈な不快感へと音を立てて変化していった。力んでいた腹筋が緩むとその隙間にその不快感が流れ込んでいった。まるで腐敗臭に満ちた渦に巻き込まれるように、不気味で生臭い液体がどんどん下腹部に溜まっていき、その水位が上がる度に、身体の内側からどす黒く染まっていく感じがした。

ワタルは顔を上げて室を睨んだ。彼の言動に腹が立ったわけじゃない。自分を取り巻くありとあらゆるものに猛烈な怒りを感じ出したのだ。いま置かれているこの場からすぐにでも離れたかった。ここにいたら間違いなく爆発してどうにかなりそうだった。経験したことのない怒りと不快感に内面のすべてを乗っ取られそうだった。

何でここにいるのか、何で座っているのか、何でこんな連中と一緒にいるのか、何で谷垣がとなりにいるのか、そして、いつまでこんなバカなことをしているのか。気持ちを落ち着かせようとすればするほど無意味な問いが次々とわいてきて、剝がしても剝がしてもまとわり付いてくる蜘蛛の糸のように、腐敗臭を伴った強烈な不快感がワタルをがんじがらめにしていく。さらに先生と生徒が作り出したいびつで密度の濃い空気を、その上からへらで固めていくかのように、彼の精神までもさらに不自由になっていった。

なぜ、なぜ、どうして、こんなにムカついてしまうのか。

室もわかってない、上川もわかっていない。もちろんワタル自身もわかってはいない。ただ、このままでは自分が壊れてしまう。《幸平、助けてくれよ》と心の中で何度もワタルは叫んだ。

危ないとワタルは感じた。

室直哉はまだ立ち上がったままだった。何か言われたら言い返してやろう、そんな気持ちで待ち構えているのだろう。その顔には不敵な笑みすら浮かんでいた。そんな室を眺めたとき「刺してやろう」とワタルは思った。すると彼を苦しめていた不快感が一気に消えた。キーンと金属音が耳の奥で鳴ったと思ったら、今度は全身に力がみなぎってきた。

鳥肌が立った。

感じたのだ。「刺してやろう」というはっきりとした殺意が、抽象的なイメージではなく具体的な力になって、ワタルに降りてきたのだ。ずっと抑え込んでいた何かが噴きだしてきた。それは良心とか人間性だとかによって、どうにかこうにか封印されていた黒い邪気で、いとも容易く人を魔に引きずりこむ暗い何かだった。

《マジでヤバい》ワタルの本能がそう悟った。

狂気はすぐ近くにいる。生まれて初めてワタルは自分が怖くなった。外ののどかな秋口の朝の空気とは裏腹に、大教室は陰湿な雰囲気のまま、話の落としどころを探していた。

下手に言い争いを続けても刺激するだけだ。しかし、このまま終わらせたら彼らのためにもよくない。たとえ何があっても、冷静になって言うべきことは言わねばならない。そう思った上川はあらためて落ち着いた口調で言った。

「室、そういう言い方はやめなさい。先生は君たちに感謝の気持ちを持って欲しいし、その気持ちを表現して欲しいだけなんだ。確かにジャガイモをもらっても、こんなものって思う人がいるかもしれない。でも、そういう人ばかりじゃない。あの大きな東北の地震の時だって日本中で助け合ったんだ」

「全員が助けに行ったわけじゃない。行ける人が行っただけでしょう。それこそ自主的に行っただけじゃないですか」

「だから」

上川をさえぎって室が続けた。

「そうやっていかにも善いことを率先してやらせようという姿勢は偽善でしかないですよ。ぼくたちはそんな光景を嫌というほど見てきたんですから。もう少し考えたらどうですか、校長先生も、こんなことを無理やりやらせていったい何の意味があるんです」

上川はぐっと奥歯を嚙みしめた。

「考え方自体が古臭くて、時代遅れなんですよ」

わずか百六十センチにも満たない小柄な少年は自信満々の表情で、余裕を持って仁王立ちしていた。

そんな姿を見せつけられた上川は万策尽きた敗軍の将の顔つきになった。これが何もかも犠牲にして、作り上げてきた学校の生徒なのかと思うと、怒りを超えて悲しくなってきた。

およそ三十数年前、勤めていた学校で机を抱えて怖いといってぶるぶる震えていた女生徒がいた。そんな彼女を何とか救おうと上川はいろいろと手を尽くした。勤務外でも連絡し、自宅にも招き、家族ぐるみの付き合いもした。それでも救うことはできなかった。彼女は密かに退学届を出し、ひとことも言わないまま学校を去っていった。上川の情熱だけが空回りしていた。

今のままでは不登校を救うことはできない。児童心理学や発達障害、自閉症などのしっかりとした基礎知識を教員が持って、日常生活から関わらないといけないと考えた。休日を利用してさまざまな勉強会や研修会に参加して、基礎知識をしっかりと身につけて三十年間勤めてきた高校を退職した。そしてフリースクールを立ち上げ、それから長年かけて、紆余曲折しながらも、エスペランサを学校法人にまで成長させてきた。

いろんな問題はあったにしても、実績は上がり確実に生徒数は増えていった。世の中も不登校という存在を認めはじめ、少しずつだが理解するようになってきた。さあ、これからがエスペランサの教育の見せ所である、と意気込んでいた矢先にこれである。

上川は再び室を見つめた。いったい室直哉はここで何を学んできたのか、いや、われわれはこの子に何を教えてきたのか。上川は言葉が出てこなかった。

そのときである。小林ワタルがすっと立ち上がった。

「ジャガイモ掘ろうよ、みんな」とワタルが言った。

呆気にとられた谷垣はとなりで見上げるしかできなかった。その視線はつぎつぎに伝染していき、生徒たちは座ったまま振り返ってワタルを見つめた。室も立ったまま振り返った。職員たちもただ驚いた顔を向けた。

ワタルがやってきて三年、みんなの前で発言するなんてことは一度としてなかった。それがこの重苦しい雰囲気のなかで言ったのだ。しかも上川が求めている百点満点の答えを出してくれたのだ。

上川の厳しい顔つきが一気にやわらかくなり、声色まで変わった。

「小林君、ありがとう、先生は君がそう言ってくれてとっても嬉しいよ、そしてとっても感動したよ、ありがとう。……みんな、小林君が、あの小林君が、言ってくれたんだから、一緒にジャガイモを掘りにい……」

「ちょっと待って」

元気を取り戻した上川の声を打ち消すようにワタルが叫んだ。

「そんな意味じゃない、もうこんな茶番はこりごりなんだ。いつまでこんな所にいても意味がないだろう。あんたのくだらないご託を聞いている暇があるなら、さっさと掘って、さっさと終わらせた方がいい。まどろっこしいよ」

ワタルは正面から上川を見て、はっきりとそう言った。

その声に上川の顔から気持ちがいいぐらいに血の気が引いていった。怒気が表れたんじゃない。まさかが現実になったことに思考が付いていかないのだ。

斜に構えて大人に反抗することでしか自己表現ができない悪ガキが言ったのならわかる。そうではない。人見知りが激しく、いつも隅にいて、ほとんど口をきかない、誰にも逆らったことのない。そんなワタルが声を上げたのだ。

　ありえないことがありえた場合、人は無意識のうちに硬直して、思考が止まり、時間の経過すらわからなくなる。一気に教室全体がそうした空間に変化した。あらゆる流れが止まり、次にどうするべきかが誰にもわからないでいた。

「自分の言ってることがわかってんのか、お前は」

　間があってから貴志川が叫んだ。

　教師として、大人として、その真面目な怒りは何の意味も持たなかった。ワタルは貴志川を睨みつけて言い返した。

「邪魔なんだよ、お前みたいなやつが」

「なんだと」思わず貴志川が怒鳴った。

「そうやって、でけぇ声だしたら、何とでもなるって考えてんだろう」

　興奮した様子はワタルにはまったく見られなかった。その落ち着きが異常さをさらに際立たせていた。教員も生徒も凍りついたように固まったままだ。先ほどは氷水だったが、今度は速乾性の強いコンクリートを一気に流し込まれたみたいに、誰も身動きが取れなかった。

「そうだよ、先生なんか……」

　室が沈黙を破った。すぐにワタルが反応した。

「うるせえ、室、お前、調子こいでいると、……刺すぞ……」

単なる脅しを超越していた。驚いた室は口を半開きにしたまま、わなわなと震えながら席についた。ワタルの本気度は全員に伝播した。この人間はヤバい、とその場にいた全員がそう思った。

誰も言葉が見つからなかった。主導権は完全にワタルが握っていた。数十年間も不登校生支援に従事してきた教師たちが、たったひとりの無口な高校二年生に追い詰められていた。

ワタルは黙って教室を出て行った。もう呼吸は普通にすることができていた。我に返った谷垣と岩木がすぐにそのあとを追った。

「おい、ワタル、どこに行くんだよ」

「ジャガイモを掘るんじゃないんですか」

「まだ集会は終わってないぞ」

「そうなんですか」

素直にそう言うとワタルは何もなかったかのように大教室に戻っていった。谷垣と岩木はかける言葉を失っていた。まったく想像もしなかった別人の小林ワタルの登場についていけず何もできなかった。

戻ったワタルはさっきまで座っていた席に行った。ごく普通に、ごく自然に、いつものワタルとして座った。またみんなの視線が集まった。ワタルは黙ったまま、いつものように音もたてずに静かに座っていた。そこにいたのはみんなが知っているいつもの大人しい小林ワタルだった。


「めずらしいじゃん、ワタルにしては」

「何が」

「この前のジャガイモ集会のときのこと」

「……ああ……あれね……」

「よく言えたな」

「……別に……」ベッドにごろりと寝ていたワタルは、ため息交じりに言うと幸平から視線を天井に向けた。

「大丈夫だったのか、あれから」

「……いろいろあった」

「だろうな」

ジャージ姿の幸平はその日は珍しくよくしゃべり、いつもよりも明るかった。集会の件できっと気を使ってくれているのだ。

「それでジャガイモはどうなったの」

「さあ……知らない」

「ははは……知らないのか……ははは」

「掘ったんじゃないの」

「農園には行かなかったのかい」

ワタルは意識的に大きく頷いた。

「とっても大事なお話があったってわけか」

「そう、他の生徒や先生は農園に行ったみたいだけど、堂林先生と谷垣先生からたっぷりと大事な話をしていただいた」

ワタルは幸平に口調を合わせて少し笑って言った。

「そうか……ワタルが悪いわけじゃないのにな」

「そうなのかな、ああいう時にあんなことを言うのは悪いことなんだろう？」

「まあ、良いとは言えないけどね」

ワタルはぐるりと右半身を下にして幸平の方を向いた。ベッドからギーギーと軋む音がした。

「自分でもなんであんなことを言ったのかわからないんだよ、って言うか、正直に言って何も覚えていないんだ」

　幸平はワタルを見つめた。返す言葉が見つからないのと同時に、今までになかった嫌な感じがした。違和感でもない、怖さでもない、それは嫌な感じだった。ワタルはまた天井を向いた。

「かなり絞られたの」

　しばらくして、やっと幸平が答えた。

「堂林さんがかなり怒っていた。反対に谷垣さんはまるで自分が怒られているかのようにうなだれていた。……ちょっと泣いていたみたい」

　鹿の甲高い鳴き声が聞こえてきた。この時期になると周囲の山々から鹿の鳴き声がひっきりなしに聞こえてくる。発情期を迎えて牝がピー、ピーと泣き出すらしい。しかし、あんな鳴き声を聞いて牡は美しい声だ、むらむらする声だって、興奮してくるんだろうか。もっとも、鹿からすればエロ動画で興奮している俺たちを見て、馬鹿じゃねえのって思っているかもしれない。

「いい先生だな、谷垣さんは」幸平が言った。

「うん、良い先生だと思う。っていうか、前にも言ったけど、ここの先生はみんな良い人たちだと思う、基本的に……でも……」

「でも、なに」

「……どう言っていいか……何か違うんだな」

「違う?」

「違うっていう表現が合ってないのかもしれない。もっと的確な言葉があるんだろうけどわからない、違うとしか言いようがない」

「しっくりこないのか」

「……うん……」

自分の考えもはっきりしない上に、微妙な言い方に返す言葉を失ったワタルは返事とも呻きともいえないくぐもった声を出した。

「嫌いじゃないんだけど好きになれない、きっと正しいんだろうけど疑ってしまう……みたいな感じかな……うん……そんな感じかな。消えてなくならないんだよ……この感じが……谷垣さんだけじゃないんだ……どう言っていいか……みんなそうなんだ……みんな……」

「親も」

「……うん……」

煮え切らないままワタルはずっと天井を見据えていた。夜中に目が覚めて、眠りたいのだが眠れないときのように気持ちだけが妙に高ぶっていた。幸平はそんな彼をただ見つめていた。

こんなときにどう声をかければいいんだろうか。内部で膨らんでいくイライラをどうすることもできず、ワタルはどんどん居心地が悪くなっていく。気にかけているほど大したことじゃないよ、と言っても信じてもらえない。なにしろ、そんな言葉に納得するならここまで悩む必要なんてないのだから。

「なんでなんだろうな、みんな良い人なのに」

幸平の返しにワタルはちょっとムッとした。答えを知っているのに、わざと言わずに相手をじらして喜んでいるように感じたのだ。そんな上から目線を感じたワタルの目付きがきつくなった。

「おい、おい、怒るなよ」

「そっちこそ、そんな言い方をすんなよ。こっちは真剣なんだから」

「ごめん、ごめん、そんなつもりで言ったんじゃないから、助けなかったのをまだ根に持ってんのかよ」

幸平の言わんとしていることが最初ワタルにはよくわからなかった。でも、すぐに集会中に助けを求めたことを思い出した。

「聞こえてたの」

「そりゃあ、聞こえていたさ」

ワタルは顔を幸平に向けた。

「でも、あそこで出て行けないじゃねぇ～そうだろう」

ワタルはまた天井を向いた。ちょっとだけ二人は何も言わなかった。

「校長も貴志川さんも谷垣さんも絶対に悪い人じゃない。他の先生たちも悪い人じゃないんだ。でも……でも……なんか、付いていけないというか……信用できないっていうか……本当なんだ……うまく言えないんだけど……」

「なんか違うんだな」

ワタルは答える代わりに大きく頷いた。

原因はきっと自分にあるとワタルは思っていた。しかし、自分のどこをどう直せばいいのかがわからない。煮え切らない自分自身をどうすることもできない。その答えが見つからないことに、ワタルは耐えられなくなってきているのだ。

集会のあと、相談室に呼び出されたワタルはかなり怒られた。それでもなんとも思わなかった。神妙な顔つきをして、いかにも反省している風に見せてはいたが、内心では早く終わらないかとずっと思っていた。

決して舐めていたわけじゃない。怒られることはワタルだって嫌だし怖い。でも気持ちがどこかに飛んでいて、なにを注意されたのかも覚えていない。

何よりあの全校集会での記憶自体が曖昧だった。気分が悪くなって、イライラして、普段ならそこで止まるはずなのに、あの時だけリミッターが外れたみたいになって、そこから先を覚えていない。猛烈に感情が高ぶっていたことだけは覚えている。

間違いなく集会の時に動いたのは自分なのだが、まるで別の誰かがいきなり身体の中に入り込んできて、すべてを乗っ取って勝手に動かしたみたいだった。何をしたのかがワタル自身にもわからないのだ。意識そのものが液体みたいになって、溶け出してしまい、肉体だけがあの場に残って、何かに操られるまま勝手に動き出した感じだった。

「俺って、どこかが壊れているのかな」

「どうなんだろうな」幸平が呑気に言った。その言い方にワタルはまたイラついた。

「わからないのかよ、俺がこの先どうなるのかって、幸平に」

「そりゃあ、無理だよ」

「ちっ、役に立たないお化けだな」ワタルの言葉に幸平もムキになった。

「お化けじゃねえし、よっぽどお前の方がお化けじゃねえ、自分のことがわかんねぇなんて」

「うるせえ、このゲゲゲの幸平」

「ふん、お前に言われたくないよ、このイカれた高校生め」

ワタルは幸平を睨みつけ、幸平は幸平でそんなワタルを見下した。普通の高校生なら取っ組み合いになるかもしれないが、ワタルが怒っているのは幸平ではなく自分自身に対してだった。幸平もそのことは十分にわかっていた。

気まずい沈黙がワタルの尖った気持ちをたしなめていた。筋の通らない怒りを向けることができる相手は幸平しかいない。要するに甘えられるのは幸平だけなのだ。

「……ごめん……」タオルケットを頭からかぶってワタルが言った。

「いいよ……謝らなくて……」

「怖くてたまらないんだ」

「何が怖いの」

「わからない……たぶん、自分のこと……」

「将来のこと」

「それもある。でも……はっきりと、これですって言えないんだよ。怖いのか怖くないのかもわからないし、怖い振りをしているだけかもしれないし……自分で自分がぜんぜんわからないんだ」

ワタルはそこまで言うと、タオルケットから顔だけ出して、身体をねじって幸平に向けた。さっきよりもベッドが軋む音が大きかった。

幸平は机に腰掛けて両足をぶらぶらさせていた。まるで駅のプラットホームで電車を待っている塾帰りの小学生みたいだった。色白の丸い顔と小太りの身体がむくむくのぬいぐるみのようにも見えた。

「来年には卒業するし、親にさんざん迷惑かけてきたから、就職しようって思ってるんだけど、仕事でこんなことになったら絶対にクビになるだろう。何より俺、バカだから就職できるかどうかわからないし、自分が何をしたいのかも、ぜんぜんわからない。何もかもが、全部が、わからないんだ」

起き上がったワタルはベッドに座って一気に話した。その話しぶりは、ワタルにしては珍しく激しくて感情的だった。興奮して言ったにもかかわらず、そのことが本当の気持ちなのかどうかさえもわからない。でも嘘ではなかった。そんなワタルを幸平はじっと見つめていた。

談話室から大きな笑い声が聞こえてきた。対戦ゲームか何かで盛り上がっているんだろう。

「羨ましいだろう」

幸平の言葉は弓道の名人が放った矢のようにワタルの心の図星に見事に指さった。ワタルはもはやこれまでと観念した犯人のように深く頷いた。

学校に通って、部活して、勉強して、恋をして、そんな青春真っ只中の誰かが羨ましいのではない。いま談話室に集まってゲームをしている他の連中が羨ましいのだ。

放課後になると同時に、職員室に預けていたスマホやゲーム機を取って、談話室にある四、五台のゲーム機の周りに集まり、食事と入浴以外は消灯までずっとそこで過ごす。機械の取り合いは日常茶飯事だが、大きなトラブルにはならず、いつの間にか並んでモニターを見つめている。横一列にきれいに座ってゲームに集中している彼らの頭は微動だにしない。後ろから見たら、温泉に行儀よくつかっている猿の群れのようだった。

むかしワタルもその列に加わったことがある。思春期にねじれてしまった者たちをつなぐツールとしてゲームは最適だった。その世界に入り込んでしまえば何も考えなくて済むのだから。けれども、すぐに一緒にいることが息苦しくなってきて、ワタルは列から離れた。そして半年も経つとほとんど談話室に行かなくなった。

そんな連中が今になって羨ましくてたまらない。もちろんゲームがしたいわけじゃない。何も考えずに夢中になれることが羨ましいのだ。ただ、それは逃げでしかないことがワタルにはわかっていた。甲子園を目指して野球に打ち込んでいるのとはまったく違う。いくらゲームに夢中になっても何も変わらない、ただ大切なことから目をそむけているだけだ。振り向けばいつも敵がそこにいる。それでも羨ましい。

ここ最近は身の回りにあるものすべてが色褪せていき、気がつけばモノクロの世界になって、すべてが面白くなくなった。なぜなのかと問いかけてもわからない。出口のない闇に向かって叫ぶワタルの悲鳴は誰の耳にも届かないままむなしく嗄れていく。

ワタルは溢れんばかりの愛情に包まれて大切に育てられてきた。

小学校にあがった日には真新しいランドセルを背負って登校して、満開の桜の下で入学式に出た。振り返ると保護者席に父がいて母がいた。そのうちに気の合う友達が何人かできて一緒に遊んだり、時には喧嘩したりした。学校が休みに入ると家族でテーマパークや旅行に出かけた。お正月には親戚が集まり、両家の祖父母からお年玉をもらい可愛がってもらった。リビングの棚には多くのアルバムが並び、開けるたびに思い出が笑顔をつれてきた。

そんな家に育ったにもかかわらず、中学校に上がったころから、少しずつ周りに馴染めなくなっていった。家族、友人、学校、すべてに問題はなく恵まれているはずなのに、気が付くとワタルはいつも一人でみんなから離れていた。

幸平はまだブースの隅の机の上に座っていた。

「まともになれるのかな、俺は」ワタルがぽつりと言った。

明日、目が覚めたら世界ががらりと変わっていて、みんなの輪の中でしゃべって、笑って、はしゃいでいる。そんな風になっていて欲しいと真剣に祈ったのは一度や二度じゃない。何でもいいから普通になりたかった。世界と折り合いをつけたかった。

しばらく、幸平はワタルを見ているだけだった。そして言った。

「ワタルの年頃で将来に不安を感じることは自然なことだから、不安に感じている自分のことを不安に思う必要はないよ」

「なんか……早口言葉みたいだね」

その言い方に二人は目を合わせて笑った。少しだけ空気が和んだ。

「幸平は怖くなかったの、自分のことが」

「怖かったよ、今でも怖い」

「お化けのくせに」

「だからお化けって言うなよ、もっと聖なるものなんだから」

お化けって言うと幸平はへそを曲げる。こんどはすぐに小さい声でごめんとワタルは言った。

坪井幸平が初めて現れたのはちょうど一年ぐらい前で、ワタルが高校一年の冬だった。幸平はいきなりワタルのブースに入りこんできたので、新入生が間違えて入ってきたと思った。

「幽霊なんだ、俺」

それが第一声だった。

身長はワタルよりも低く、ちょっと太り気味の、見た目はぱっとしない色白の男の子だった。その時もアディダスの上下のジャージを着ていて、スクールシューズと呼ばれている型の古い白の上履きも履いていた。誰が見ても生身の生徒だった。

「……ウソだろ……」ワタルはにやにやして言った。

「本当」

「呪われてるの」半分馬鹿にしながらワタルは続けた。

「いいや」幸平は真面目に返してきた。

「ぼくを呪いにきたの」

「ちがう」

「じゃあ、どうして出てきたの」

　幸平は困った顔をした。そんなことよりも初対面の相手にすらすらと話をしている自分自身にワタルは大いに驚いていた。こんなことは今までに一度もなかったからだ。

「新入生なんだろう、何年生なの」

「だから、ちがうって」

　そう言うと幸平はその場で首だけを横にぐるりと一回転させた。ワタルは一瞬で凍りついた。その様子を見た幸平は次に顔を上下に一回転させた。

「これで信じてくれた。もっとグロい真似もやろうと思えばできるけど」

　顔面を震わせながらワタルは大きく横に首を振った。

「大丈夫、何もしないから、安心して」

　その一言で不思議なくらいにすーっと力が抜けて気持ちが落ち着いた。幸平は図々しいぐらいの態度で狭いブース内を見回して、いろんなものを手に取った。

「どうして……出てきたの……」

「暇だったから」

「なんで俺だったの」

「……べつに……」

幸平はそう言ってワタルの机の上に座った。どこからどう見ても幽霊には見えなかった。ただの普通の生徒でしかなかった。ワタルは夢を見ているのではないかと思い、こっそりと太ももをつねってみた。痛かった。

「夢じゃないよ」幸平は笑っていった。優しそうな顔だった。

それからときどき幸平はやってきた。そしてどうでもいい話をしていくのだった。幸平は途中で誰かの気配を感じたら姿をくらまし、ワタルがひとりになったら再び現れることもあった。

ある日、ワタルは幸平に尋ねた。

「ここの屋上の曲がった柵から落ちたの、幸平は」

「いいや、どうして？」

「うわさでさ、あの柵を乗り越えて飛び降り自殺した人がいたって聞いたことがあるから、もしかしたら幸平がそうなのかなって思って」

「ちがうよ、ぼくじゃない」

「じゃ、やっぱり誰かが飛び降りたの」

「さあ、わかんないけど」

「そうなんだ」

幸平は少し困ったみたいに俯いた。

「どう言えばいいか、ワタルたちが生きているこの世界にはいろんな場所に水たまりみたいに恨みが残っているんだよ。建物だけじゃなくて、街中とか会社とか、人の中にも潜んでいるんだよ。

たとえば、いろんな職場でパワハラとかセクハラとかイジメなんかの問題って多いだろう、学校でもそうだけど。誰も助けてくれないまま、我慢して、我慢して、最後には……って人がいるでしょう。そういう人の恨みって残るんだよ。

ここの屋上がそういう場所なのかどうかはわからないけど、人が集まると大なり小なり必ず問題が起こるじゃない。そんな怨恨って居付くんだよ」

「マジで、じゃあ、そんな怨恨って俺たちに何かするの」

「いや、何もしない。ただなかなか消えていかないだけ」

「今でも屋上にはその怨恨が残っているの」

「あるかもしれないね」

「怖いじゃない、そんなの」

「だから、人が集まるところには多かれ少なかれあるんだって、でも、何もしないよ、あいつらは」

「あいつらって、知っているんだ」

「まあね、でも、心配するようなことは起こらないから、気にしないで放っておけばいいんだよ、放っておけば、どうってことないから」

それから、ワタルは幸平が出てくるたびにいろんな質問をした。どうして幽霊になったのか、呪いをかけたりするのか、死ぬとどうなるのか、などとおよそ誰もが持っているあっちの世界についての質問をした。しかし、幸平は特にはっきりと答えることはなかった。そして面倒くさそうに、そんなことどうでもいいじゃないとはぐらかした。それからワタルはもうそのことについて何も聞かなくなった。

「ワタル以外にはぼくの姿は見えないんだよ」

「じゃあ、どうして誰かが来たら消えちゃうの」

「だって日頃からあまり話さないワタルが、ひとりでべらべら喋っていたらヤバいだろう」

「そうだね、それはヤバいね」

ワタルが笑うと幸平も笑った。

「幽霊でも笑うんだ」

「もちろん、面白かったら笑うよ」

「お気に入りのお笑い芸人なんているの、幸平は」

「いるよ」

「誰？」

「サンドウィッチマンとハナコかな」

「マジで」

もう怖くはなかった。それよりも幸平とならすらすらと会話ができることがうれしかった。他の生徒や先生とはほとんど話せないのに、いきなり飛び出してきた幽霊と話せるなんてワタル自身も思ってもいなかった。幸平を相手にしているように誰とでも話ができればいいなと思った。超人的な力で普通にして欲しいと思い、何度か幸平にお願いしたこともあった。

「そんなことできるわけないじゃん」幸平はあきれたように言った。

「なんだ、そうなの」

「映画の観すぎ、魔法なんて使えるわけないよ」

「じゃあ、ハリーポッターじゃなくってハッタリポッターだね」

幸平は思わず吹き出した。

「ウケるんだ、幽霊だって」

　ワタルの返事に幸平はムッとした表情を浮かべた。

「だいたい、俺たちだってワタルたちとそう変わらないんだから」

「でも、仕事とか学校とかみたいに、やらなきゃいけないことってないんだろう」

「そりゃそうだけど」

「それなら、ゲゲゲの鬼太郎の歌と一緒じゃない」

　そう言ってワタルは笑った。すると幸平はまたむっとして横を向いた。

　幸平は怒るとすぐに顔に出るタイプでわかりやすかった。厚い唇がギュッと尖がって、眉毛が寄ってくるのだった。

「ごめん、怒るなよ」ワタルは幼馴染を相手にするようにねっとりと謝った。そして幸平のわき腹をつっついた。幸平はビクッと身体を震わせた。

「くすぐったいの」

「当たり前じゃん」

「幽霊でも」

「だから、お前たちとそんなに変わらないって言ってるだろう」

　もしも一番仲の好い友達は誰かと聞かれたら、間違いなく坪井幸平だというだろう。でも誰も坪井幸平のことを知らない。奇妙ではあるがそうなんだから仕方がない。それからワタルは幸平がやってくるのが楽しみになった。

ワタルは寝ころがったまま大きく一つ息をした。

エスペランサに転校してきてから、いろんな意味で好転してきているとワタル自身も感じていた。だから高校もここを選んだ。実際に高校生になってからは、中学生のとき以上に何にでも積極的に取り組めるようになった。親からも、先生からも、いい意味で変わったなと言われてきた。その自覚も自信もあった。今度こそ上手くいく、絶対に大丈夫だと思っていた。

ところが、である。

崩壊は何の前触れもなくある日、ある時、突然やってきた。初期微動もなければ不吉な予兆もなかった。いきなり現れたかと思ったら、一瞬にして積み上げてきた再生への足場を根こそぎ破壊していったのだ。

なぜ、どうして、そして何が、あるいは誰が、見当すらつかない。次はいつ、どこで、どんな崩壊がやってくるのか？　その懸念はワタルを苦しめると同時に、ようやく手に入れた希望という光を奪い取っていった。

こうした場合に口にする「大丈夫だから」という励ましの言葉が、どれほど無責任で暴力的なものであるか教師は知らない。だから大概の先生はそう言う。

彼らは見下して自業自得だ、などとは微塵も思っていない。それどころか真剣に何とかしてやろうと考えてくれている。にもかかわらず、そうした善意はワタルの心の中で崩れてしまった希望の瓦礫を通過していく間に、みごとなまでにとげとげしい悪意に変化し、無意識の底に隠れていた宿怨を呼び覚ますのである。

感情的になることが多い方じゃない。ずっとおとなしい子どもだといわれ続けてきた。自分でもその自覚はある。だからこそ、制御不能な得体の知れない魔物がこの身体の奥に潜んでいるのではないかと思えてならなかった。

ここにきて三年が経つけれども本当は何も変わっていなかったんだ、とワタルは思った。ただこの学校のルーチンに沿って動いて、ごまかしていただけだ。手のかからない良い子になって、学校生活を送ってきたけれど、所詮はエスペランサという狭い世界だけでしか通用しない。将来がまったく見えてこない焦燥感を栄養にして、魔物は今もワタルの中ですくすくと成長している。

いったいこの先どうやって生きていけばいいんだろう。

大教室の後ろで座っていたときに襲ってきた強烈な嘔吐のような感覚、理由もなく湧きあがってきた憤怒。ジャガイモを掘って、送ることを面倒に思ったわけでも、いかにも教師が好みそうな言い回しに白けたわけでもない。もちろん杉谷や室の幼稚で身勝手な言動などもまったく関係ない。

ただ猛烈にむかついたのだ、異常なまでに。

確かに、ここ最近はずっとイライラしていた。焦っているくせにいつまでも煮え切らない自分自身にムカついていた。エスペランサを卒業したあとやっていけるのか、というピュアな不安に何の行動をとらないし、とれないワタル自身への歯痒さだった。だが、あの憤怒は、マグマのように熱した怒気は、そんなちっぽけなイライラとはまったく別もので、いままで経験したことのないレベルのものだった。百前後だった血圧があっという間に二百以上の数値に跳ね上がったみたいに、身体中の神経が躍動してすべての血液を逆流させた。理性と良心を踏みつけにした精神が肉体を支配して、果てしなく高揚していき出すと、ワタルがもっとも恐れている結末への道筋だけを照らし出す光を運んできた。

「本当に室を刺してやろうって思ったの」

やっと幸平の口が開いた。ワタルの心がわかっているみたいだった。

「……うん……たぶん……」

「そっか、でも、刺さなかったじゃないか」

「室にむかついたわけじゃない。もって行き場がなかったんだ。爆発したら大変だって思っていたから、このままじゃヤバイって……でも、そこからははっきりと覚えてないんだ」

いつしかワタルの両目は潤んでいた。刺すぞって叫んだ後悔ではない。この先いつか誰かを本当に刺してしまうんじゃないかという畏怖である。身勝手な猟奇殺人犯の狂った行動。いきなり刃物を振り回し、誰かれかまわず切りつけていく。子どもだろうが老人だろうが関係ない。目の前にいる人なら誰でもいいのだ。

そんな事件が報道されるたびに、何でこんなバカなことをしでかすのだろう、と見下していた。しかし、説明できない衝動や理性を超えた身勝手な感覚によっていったん狂ってしまうと、常識や道徳などはまったく意味を持たなくなる。そして何のためらいもなく刃をつきたてられる。そんな魔が自分の中で確実に育っている。

あの時、誰でもよかったのだ。自分の奥からメラメラと湧き溢れてくる痺れのような怒気をワタルは感じた。

絶対に考えないようにしようと決めていた。少しでも考えたなら現実になってしまう怖さがあったからだ。だからワタルはその痺れに繋がるネガティブな未来像から目をそむけていた。

思えばワタルがみずからを守るために課してきた戒律だったかもしれない。だが、その日へのカウントダウンが始まり、血まみれのいつかがリアリティーをもって、ゆっくりと、そして確実に近づいてきた。思わずワタルは布団をかぶった。もしかしたら屋上に宿っている怨嗟は自分のものではないのか。

そんなワタルを幸平は何も言わずに見ていた。ただ、ワタルの身体から伝わってくる危険な微動をひしひしと感じていた。それは幸平が何度も目にしてきた、あいつらがずっと待ちに待っていた狂気の予兆に他ならなかった。

まさかが一歩ずつ近づいてきていた。

5

　ツバメではない、スズメでもない。もっと小さな鳥だ。その中でもさらに小さい方だろう。手のひらに隠れるほどしかない。巣から落ちたのか、仲間外れにされたのかは不明だが、たやすく人に捕まるのだから、馬鹿か、呑気か、その辺りだと思って間違いない。

　右手の人差し指の第二間接から手のひらまでのわずかな部分と指先までを鉤のように曲げたところ、そして親指第一関節のやや右側、この三つで鳥の首をやさしくつまむ。

　力は入れてはいけない、絶対に。

　中指と薬指二本の第二間接で下からふんわりと支える。ここにも力は入れない。嫌がりもせず、くちばしで指を突くこともしないところを見ると、小鳥はまんざらでもないらしい。

　左手の方は、取引先で会った同じ歳、あるいはやや年下の社員と気楽な握手をする感じで力まずにすーっと差し出す。小指と薬指の付け根だけに力を入れて、やる気がみなぎっている彼の手を握り返す。すこしだけ親指を伸ばすようにしてもいい。

そして静かに両手を合わせる。

小鳥を包んだ右手の人差し指と親指の感覚、信頼と礼儀を踏まえた左手の小指と薬指の感覚。力の入れようは三対七で左手の方が強くなる。

小鳥を少しでも安心させるために右手の人差し指の左側面に意識を集中させる。

大丈夫だ。絶対に絞め殺したりしない。

起点は右ひざの左側面。この部分に力を掛けて、そこを基点にゆっくりと腰から上半身を背骨中心に右に回しはじめる。キャンパス内で久しぶりに会った女友達から、少しばかり恋心のこもった押しを左肩背後からもらった感じだ。背が低い彼女は強くは押せない。

右足の股関節の付け根に体重の七割が乗るけれども窮屈ではない。窮屈だと右手に力が入り、小鳥が大変なことになる。

小鳥は指の間から顔を出して、仰向けの姿勢のまま懐かしい大空を見る。これから飛び立って帰っていく青い空を真上に見る。

左ひざを少しばかり前に出すようにして、下半身に先導されゆっくりと腰を戻し、続いて彼女に押された左肩を戻す。あわてる必要はない。まずは腰からだ。大切なのは小鳥のほうだ。できるだけ前に、ストレートに投げ出してやらないと飛び出しが不自然になる。

右手の人差し指にはまだ毛の感覚がしっかりとある。そのまま飛行機が着陸するイメージで両手を力まずに正面に戻す。

ここが肝心なところだ。小鳥の命がかかっている。

決して腕力に頼らずに左のお尻を左後方にゆっくりと引いていく。小鳥にはこれから飛び出す前方はまったく見えていない。その顔は、まだ、後方を向いたままだ。

さあ、いくぞ。

小さな頭に生えている産毛が風で揺れる。黒い瞳が大きく見開く。飛び出しやすいように、身体が水平になるように右手が左手の上に自然とかぶさる。小鳥も飛び出していくのを心待ちにしているはずだ。

体重が左側に乗り、それに先導されて右半身が左半身の位置にずれていく。同時に身体の軸が左足の股関節に移動して回転する。

でも、小鳥の顔はまだ右手の親指と人差し指の間から後方を向いたままだ。身体の軸がずれないまま、下半身が左回りに動いて、右腰が左腰の位置に取って代わる。

やっと小鳥を優しく包んだまま両手が下りてくる。横じゃない縦に下りてこないといけない。そうしないと小鳥に勢いがつかない。

これで帰れる、仲間のいるあの空に帰れる。羽ばたき始めた小鳥は滑らかにすり上がっていく山肌のようにゆっくりと上昇していく。その姿を後ろから見守る。骨盤から背中にそって昇っていく力を感じる。身体は正面を向いて、目は大空に飛び去っていく小鳥の後ろ姿を追っている。

やはり、ポイントは左グリップの甲の向きと左のお尻を引いていくタイミングだ。それさえクリアできれば問題は消える。ふたたび小鳥をイメージしてグリップを作った。

今日こそ練習場に行ってしっかりと打ち込もう。そう決心したあと、配付されたレジメの裏にまたスウィングのポイントを箇条書きにした。

アドレスはやや狭め、右手人差し指の左内側と左手の甲そしてフェースが平行になる、ダウンスウィングは着陸する飛行機をイメージして、左の尻を後ろに引く、いや、引くのではなく引かれるイメージできり返しを行い、決して腕や肩に力を込めてはいけない。フィニッシュでは身体がターゲットに対して正面に向き、腰から骨盤にかけて重心をおく。

完ぺきだ。

相変わらず小田は右手グリップの人差し指を気にしている。

重心を腰から骨盤の辺りにするなら、アドレス時に少しかかと側に体重をかけた方が良いかもしれない。

その思いつきに小田の心は躍った。

そうだ、いつも前のめりになってフィニッシュが上手く取れないのは重心が安定していないからだ。さらにその姿勢なら左尻を引いた際にクラブヘッドの軌道がターゲットに向きやすくなり、遠心力で振り切りやすくなるはずだ。小田はレジメの裏に遠心力と重心と書きだした。

ナイスショットのイメージはパーフェクトにできている。悲しいのはそのイメージがコースでできないことだ。きれいなダウンブローは頭の中だけにしかない。

小田はもう一度グリップを作った。今度のラウンドは桐富ゴルフ倶楽部の東コースからのスタートである。一番は五百ヤード越えの左ドッグレッグのロングホールだ。

《何とか左バンカーを越えていきたい》

自然と力が入る。

「小林ワタルをどうやって指導するか。これはとても難しいし、とてもデリケートな問題だと思うんです。わたしたちが知っている小林ワタルと先日の集会で見た小林ワタルとは百八十度違う人間でした。その理由を突き詰めることも大切ですが、まず彼のこれからのことを考えていかないといけないと思うんです」

気のせいか上川の声には張りがなかった。

あの集会のあと、ワタルは今まで通りのワタルに戻っていた。相変わらず授業や活動には参加しないものの、特に問題を起こすことはなく、素直でおとなしいみんなの知っている小林ワタルに戻っていた。ただし、集会の時の豹変した態度のために、生徒だけでなく職員からも敬遠されがちになり、ああいうタイプの人間こそいつかおぞましい事件を起こすと陰で言う者も出てきていた。気がつくと、みんながワタルと距離を取るようになった。

小林ワタルについての臨時の職員会議が放課後に開かれていた。

「他の生徒への影響がいろんなところに出てきています」堂林が続けた。

ワタルの態度に触発された一部の中学生は、年配や女性の教員に露骨に反抗するようになった。返事、挨拶をしないから始まり、文句を言う、わざと怒らせる態度を取るなどエスカレートしていった。

彼らは若い谷垣や岩木らにはそういう態度はとらない。ちょうど幼児が買ってもらった新しいおもちゃを自慢している程度のことで、呼び出して一対一で注意すると、教室で見せた強気な態度は瞬く間に消えて、猛省するだけであった。

そうした原因を作ったのが集会でのワタルだった。その認識は教師間では共通のもので、特にベテラン教員からは、ワタルを停学にするべきだという意見も出ていた。

「学校にも行けずここにきたくせに、先生に反抗するなんてもっての外だ」

貴志川はかなり激昂していた。

ひと昔前の学校ならば、手は出さないものの胸倉をつかんで怒鳴りつけるぐらいのことは平気でしていた。それが生徒のためだと思っていたし、怒られた生徒たちも納得していた。怒られて当然なことをした生徒と怒らなければならない教師の間には健全な信頼関係があった。

しかし、現在ではそうした信頼関係よりも、とにかく生徒に余計な圧力をかけないことが優先されている。問題を起こした生徒に対しても怒らず、なだめすかし、膝を突き合わせて粘り強く話をする。決して声高に怒鳴ったり、威圧的な態度で迫ったりはしない。ましてや胸倉を摑むなど言語道断で、すぐに暴力教師のレッテルが貼られてしまう。ひどいときにはすぐに教育委員会に話がいき、ＳＮＳに投稿されるとさらに大きな問題になってしまう。特にエスペランサにはひ弱な生徒が多いので、より注意しないといけなかった。

先日、ある小学校の保護者から給食を食べるときに「いただきます」を強制させるのはおかしいという意見が出た、とニュースで報じられていた。その母親の言い分は、給食費を払っているのだから「いただきます」と言う必要はない、というものだった。ニュース映像で、さも当たり前のように彼女は話していた。

年齢的には三十代だろうが、おそらくはごく普通の家庭に育ち、そこそこの教育も受けて、人並みの恋愛をし、結婚して母親になったのだろう。インタビュアーがどうしてそう思うのかと問うた。

「レストランに行って食事をするときにいっせいにいただきますって言わないでしょう。それと同じですよ。こちらがお金を払っているんだから、言うか言わないかはこちらが決めることで、強制されることじゃない」と自信満々に語った。

もちろん、すべての母親が同じとは思えないし、むしろ少数派であろう。しかし問題なのはそういう金銭を基準にする歪んだ考え方が、当たり前の家庭に出てきている事実だった。上川らの年代の人間には考えられなかった。しかし、現実的には、平均的な教育を受けて育ってきた人間がそういう考え方をする。さらに現代社会がそういった考え方をする人間を容易に生み出す環境になっている。その点に問題がある。

スポーツなどでも顧問やコーチが生徒を注意するのは当たり前だし、強くなりたいのなら技術的に優れている人から指導してもらうのは当然のことだ。その技術を含めた指導方法は指導する側が決めることである。体罰や行き過ぎた指導はいけないが、教わる側に気を使い過ぎたり、都合の良い指導したりするなどあり得ない。それでも保護者の中には平気でそれを求めてくるものがいる。

俗に言う躾というものは、失業率や為替レートのように数字ではじき出されるものではないから全体像はつかめない。けれども、ごく平凡な暮らしの裏でそうした質の悪い考え方というか、いびつにデフォルメされた常識がまかり通りだしているのは間違いない。

上川自身も保護者と教師との間のそうした捩れた関係に納得はしていない。でも現実問題として、保護者との関係については細心の注意を払わなければならない。そういう時代であることは否定できない。

「貴志川先生が怒るのは無理のないことですが、停学などの処分とすれば余計に問題がややこしくなると思うんです」

下手な対応をしたら、手に負えない生徒をエスペランサは見放したのではないか。

そういう解釈をされて、ネットにでも投稿されたら問題はさらにエスカレートする。だから慎重なうえにも慎重に進めていかないといけない、と上川は思った。

「確かに、ぼくも含めて怒るのは当たり前なんですけど……当たり前なんですけど、ここは冷静な対応をしなければいけないと思うんです」

上川は自分自身に言い聞かせるように続けた。

「わたしもいま上川校長がおっしゃったような対応するべきだと思うんです」

堂林が続いた。

「他の学校ならば呼び出して、怒って済むことでも、うちの生徒に対してそれをしたら却って逆効果になるケースが考えられますから」

「どういったケースですか」田部が言った。

「例えば、家に帰ったら部屋に引きこもって出てこないとか、あるいは一時帰宅後にエスペランサに戻ってこないとか、そういう事態は避けるべきだと思うんですね」その説明に貴志川たちはしぶしぶ納得した様子だった。

沈黙が少し続いた。

田部が背もたれに寄りかかった。貴志川は背中を伸ばすように良い姿勢をとった。岩木は難しい顔のままペン回しをしていた。小田はまだ机の下でグリップを作ったままだった。

　要するにどうすればいいか誰もわからないのだ。

　教会での祈りのポーズのように机の上に両肘をついて口の前で両手をクロスさせたまま谷垣は黙って話を聴いていた。ため息を一つすると鼻から勢いよく空気が抜けていった。

　虚脱感、この虚脱感の奥には何があるんだろう。

　ここにいる全員がワタルのことを真剣に考えている。貴志川にしても田部にしても、決してワタルが憎いわけじゃない。何とか指導をして反省してくれればベストではないか、と考えてのことだ。上川も生徒と職員が全員そろった前で愚弄されたわけだから、このまま放っておくわけにもいかないだろう。

　だが、谷垣にはどこかがずれている気がしてならなかった。

　もちろん、ワタルを停学にすることに断固として反対である。そんなことをしても絶対に効果はない。では、どうするのか。ブースでの謹慎と反省文、罰としてのトイレ掃除など、具体的な意見が出たが、いずれも的外れもいいところだと思った。罰を与えたから反省する単純な子どもなどいない。

　今では、教師は腫れ物にさわるように生徒を扱わなければならない。保護者を含めた三角関係に妙な歪みが出ている。加えて、離婚率の増加、苦しい生活事情、育児放棄などの問題が重なると、子どもがドロップアウトしていくのも無理はない。もちろん、そんな環境でも、真面目にがんばっている子どもだってたくさんいる。

ただ、エスペランサにくる子どもたちは、何もできない子どもだった。彼らは髪を染めて、ぐれた仲間とつるみ、タバコをふかして、小さな悪さを重ねることで『もっと構ってくれよ』と主張する幼稚な反抗などもできない。また苦しい環境の中でも踏みとどまって、やるべきことから逃げずに、勉強やスポーツに打ち込むこともしない。できることと言えば、甘えられる親への反抗とスマホやゲームへの逃避ぐらいである。そんなレベルのことでしかない。

だからこそエスペランサではワタルの問題は大事件だった。決して呼び出して、注意して、反省文を書かせたら一件落着というわけにはいかない問題だった。

「小田さんはどう思いますか」

いきなり堂林が聞いてきた。ゴルフのことばかり考えている小田に聞いても、まともな意見は返ってこないだろう。それを見越しての振りだった。小田のようなタイプを堂林は苦手にしていた、というよりも嫌いだった。

確かに、それなりに生徒たちを上手く扱える。でも、彼が行っている総合の時間はとても授業と呼べる代物ではない、手段を選ばない邪道なやり方だと考えていた。ちょうど落ち着きのない幼い子どもを整列させるために、甘いお菓子を使って言うことをきかせるのと同じだ。

それでも認めているのは相手が不登校生だからである。既成の学校に背を向けてやってきた生徒なのだから、堅苦しい授業ばかりではついてこなくなる。その意味で小田のやり方を息抜きとして認めてやっているだけのことだ。

さらに、彼が小田を嫌う決定的な理由。それは小田が教師を馬鹿にしていることで、堂林にはそんな態度がありありと目につくのである。

「ワタルについてですか」

「そうです」

みんなの視線が小田に集まった。堂林は小田の無関心さが露呈するだろうと内心でほくそ笑んでいた。

「ぼくが気になったのは室に向かって『刺すぞ』って言ったことですね」

その一言で職員室の空気がピンと張った。みんなの背筋がグンと伸びた。谷垣は両手をといて腕組みをした。堂林も軽い電気ショックを背筋に覚えた。

そうなのだ。ワタルは室に向かって『刺すぞ』と言ったのだ。今までワタルが取った反抗的な態度にばかりに目がいってしまっていた。だが、考えてみれば『刺すぞ』という言葉が持つ意味は、それ以上に大きいものだった。

「そうだ、ワタルは言いましたよ、刺すぞって」

「確かに言った」

みんながさらに色めき立った。

小田が指摘した『刺すぞ』って言葉こそワタルの内面を表している。それは単純な室への気持ちではないだろう。もっと大きな、もっと奥深い、われわれの常識的な考えを飛び越えた境地ではないのか。谷垣はそう思った。

「まぁ、本当にそんなことはしないでしょうが……」

堂林が軽く流した。その軽さには小田に一泡吹かせてやろうと投じた一手を、ものの見事に返された悔しさが見え隠れしていた。

不意打ちを喰らうと教員ほど弱いものはない。しかし、打たれ弱いことは決して悪いことではない。ただ、そのことを自覚していなかったり、逆に自分には対応力は十分にあると思い込んでいたり、身勝手な自信を持っていると袋小路に入り込んでしまう。ベテラン教師たちほどそういう傾向が強い。だから意にそぐわないことがあると、子どもみたいにへそを曲げるのだ。

「そうでしょうか」

思わず谷垣が言った。

「するとと谷垣君はワタルが室を刺すと思っているのかい」と堂林が返した。

「いいえ、思っていません。そんなことを言うぐらいワタルの心は荒んでいるってことです。あの場面で、あんな行動に出たワタルの事をぼくたちはまったく予想していなかった。つまり、ワタルについて何もわかっていなかったってことです」

「衝動的に出たんじゃないか」

「貴志川先生はワタルが衝動的にあんなことをするタイプだと思いますか」

突っ込まれた貴志川は返答ができなくなった。

沈黙が続いた。小田はレジメの裏になにやらペンを走らせていた。

「では、どうしようというんだね」堂林が言った。

「わかりません。ただぼくらは自覚しないといけないと思うんです」

「何を」

「実際に、ぼくらは生徒のことをそんなに理解できていないってことです。研究会をやろうが、心理テストをしようが、カウンセリングや面接を重ねようが、生徒たちが隠し持っている肝心な部分にはアクセスできていないんです」

「そういう言い方をしたらエスペランサの教育を否定していることになるじゃないか」

上川がすかさず言った。

谷垣はそんな校長をまじまじと眺めてから呼吸を整えた。この男はどうしてこうも単純で、偏狭な考え方しかできないのか。

「誰もそんなことを言ってないじゃないですか。うぬぼれないで現実に目を向けないとダメだって言っているんです」

「うぬぼれているって……それが否定していることだろう」

今日は怖くなかった。

「前回の研究会のとき、ワタルについて甘えが出てきたと結論づけたのは校長ですよ。どこが正しかったんですか」

上川が唇をかんだ。谷垣は続けた。

「実際にワタルがあんな行動を取るとは誰も思ってなかった。これは事実です。つまりぼくたちはワタルを理解できていなかったんです。エスペランサの教育も完璧じゃないんです。ぼくたちはそのことを意識すべきです」

「この学校で働きながら、この学校の教育方針を否定するのは矛盾しておるじゃないか」

興奮した上川が言い返した。どうやら自分自身をも否定されていると感じたらしい。しかしまるで子どもが駄々をこねているみたいで、器の小ささを見事に露呈していた。

谷垣がかつて働いていた公立学校では、生徒たちと関わり合うべき時間を、ひたすら誰も読まない書類の準備と意味のない委員会ばかりに費やしていた。そんな日々を送るうちに、谷垣の中で肥大していった疑問と幻滅。先輩教師に相談すると、返ってくる答えは決まって『お前は若いなぁ』『慣れてくるよ』『そんなもんだ』ばかりだった。

入学してきた生徒を当たり障りがないように三年で卒業させる。駅前の立ち食いそばにやってきた客を扱うように、注文を聞いて、そばを茹で、カウンターに出して、料金をもらったらそれで終了。仕事はそこで終わりだ。必要最低限のことだけをする。けっしてそばつゆの味を変えたり、店の内装をよくしたり、新しいメニューを開発してはならない。

それが教師であり、学校である。

そんな中で、役職についている先輩を補佐して、ワンランク上の立場を目指す。三十代前半でなんとかして主任レベルの役職につく。そのためにもベテラン先生たちとの関係を大切にして、こまめに動き回り、酒の席でも気を使いながら最後まで付き合う。

いまのエスペランサにも、そんなかつての職場と同じ匂いがし始めていた。見回すと公立学校に勤めていた時に、谷垣が軽蔑していた教師たちと同じ輩が並んでいた。やっぱりどこに行っても、学校というものは、そして先生というものは同じなのだろうか。俺が夢を見ていただけなのか。やるせない気持ちが重く圧し掛かってきたが、谷垣は踏みとどまって顔を上げた。

「どうして反対意見を述べたらダメなんですか」上川に向いて谷垣は言った。

「誰も反対意見を否定していない、谷垣君の意見はエスペランサを否定していると言っておるんだ。そんな考え……」

「ぼくも谷垣さんに賛成です」岩木が言った。

「岩木君もエスペランサのやり方を否定するつもりなのか」

興奮気味に堂林が言った。

「落ち着いてください。ぼくも谷垣さんも、エスペランサをぜんぜん否定なんてしていません。ぼくらはワタルを救いたいんです。何とかしてやりたいんです」

「それはみんな一緒だろう」

「だったらいろんなやり方を考えるべきでしょう。室を刺すとか刺さないとかの問題じゃないし、停学にさせても何の解決にもならないじゃないですか」

岩木の訴えが職員室に響いた。幹部たちは捲したてた岩木を真顔で見つめた。小田だけがにんまりとしていた。

「職員会議なんです。岩木が言うとおりみんなでワタルを救う方法を考えましょうよ」

「だから、考えとるじゃないか」貴志川が言った。

「ただ自分の主張を繰り返しているだけじゃないですか」

谷垣も興奮して返した。

「具体的な処罰の方法じゃなくて、小林ワタルをどうすれば上手く指導できるかってことでしょう」

「失敗したらどうするのかね」

「そうだ、谷垣君は責任を取れるのかね」

上川と堂林が言った。

思わず谷垣は耳を疑ってしまった。失敗したら失敗したときにみんなで責任を取り修正していく、それが組織であるはずではないのか。こうすれば良いという方法などないのだから。
「実際にワタルが室を刺してしまったらこの学校は終わりだ」
上川が吐き捨てるように言った。
力がどーんと抜けていった。エスペランサが存続できたならワタルがどうなっても
いいというのか。上川の表情はただ保身に走り、怯えているだけの惨めなものだった。
俺はこんな男の下で働いているのか、そう思うと谷垣は挫けそうになった。
「じゃあ、ワタルを室から遠ざければいいじゃないですか。停学だろうが何だろうが、
理由をつけて家に帰せばいいじゃないですか」
皮肉に聞こえたのか上川の目付きがきつくなった。
「そんなことでは解決しないって、みなさんだってわかっているんでしょう。だから
こうやって話し合っているんでしょう。責任を取るとか、室を刺したら学校が終わる
とか、そんなレベルの低い話をして何の解決になるんですか」
「君は経営者の立場を知らんからそんなこと言えるんだ」ムキになった上川が言った。
「当たり前じゃないですか。ぼくは教員ですよ、だから教員の立場で意見を言ってい
るんです」
もうここまできたら自棄だ。

「上川さんの立場を考えたらどうかね」

「いま、考えないといけないのはワタルのことじゃないですか、違いますか、堂林さん」

ふたたび重苦しい沈黙が訪れた。

谷垣たちが開き直ったことで職員会議は良い意味で内容のあるものになった。ただし、具体的にワタルに何をするべきかという肝心要の部分では、これといった名案が出てこなかった。出てこないというよりもわからなかったのである。

ワタルが起こした行動をただ注意しただけでは足りない。だからといって妙手は見つからない。生徒指導のマニュアル本に書いてありそうな、当たり障りのない意見がぽつぽつと続くだけだった。若手から寄り切られた形になった上川はまだ苦虫を噛み潰した顔をしたままで、反対に谷垣たちも抽象的な話に終始してしまい、決め手を欠いていた。

「とりあえず、小林ワタルの処分、というか指導内容をぐたい……」

堂林の発言に割り込んで小田が言った。

「いろんな意見が出ましたけど、結論は出てない。いきなり満点の答えなんて出るはずもないですから。ただ、こういうことがあったという事実はワタルの親には言うべきでしょうね。電話ではなく実際に会って。その上でどうするかは両親も含めて検討したらどうですか。

まず、われわれがやるべきことは、それぞれの方法でワタルと関わっていくことです。彼がすぐに授業に出てくるとは思えないから、その時間を利用していろんな職員が話をしていくべきでしょう。処分するんじゃなく、ワタルが何にムカついているのか、何が気に入らないのか、そして何に怯えているのか、俺たち職員は力になりたいし、少なくとも味方であることを伝えるべきだと思いますね」

「それは今まで十分に伝えてきたでしょう」

「伝わっているなら、なぜワタルは心を開かないんですか。いちばん関わりあっている谷垣君にも腹を割って話さないのはなぜです。堂林さんなら話すんですか」

こんどは堂林が黙り込んでしまった。

想定内の問題には経験値を武器にしたマニュアル人間は役に立つ。しかし、ひとたび想定外の問題が起こると必要なのはマニュアル力ではなく、悪戦苦闘能力である。答えのない問題に答えを見出していく。右向け右に慣れ切った優等生の先生たちにはやはり無理なことかもしれない。

とりあえず今後の方針は小田の意見でまとまった。職員会議が終わってから、気が進まなかったが、谷垣はワタルの親に連絡を取って、次の日曜日にエスペランサに来てもらえるよう約束を取り付けた。その後すぐに小田に礼を述べようと職員室に戻るとすでに帰った後だった。彼の机の上に残されたメモ用紙の裏には大きく『遠心力と脱力』と書かれてあった。その文字はかなり時間をかけて飾り付けがなされていた。見なければよかったと谷垣は思った。

机の上にはコードレスイヤホンとアイポッド、それに二冊のマンガが無造作においてあった。マンガは例の学園バンパイアもので、かれこれ一ヶ月近くも談話室に返していない。とくに文句が出ているわけでもないから放っておいても大丈夫なようだ。そのマンガ本の横にそれらは三本並んであった。

「買ったの」

「うん」

「そっか……買ったんだ」

幸平は触るのを躊躇した。素人が見ても専門的で、かなり大きなものも含まれていた。となりには直径が二十センチぐらいの円柱状の小ぶりの木がおいてあった。そして説明書らしい黄色の小冊子があり、飛んでいかないようにその木で押さえられている。もっともワタルのブース内には窓がないから風で飛んでいくことはない。

柄が黒い彫刻刀は刃幅が三種類あった。いちばん大きなものは刃先だけで五センチ以上もあり、斜めになっているからかなり大きく見えた。

「セットで買ったんだ」

「うん、たまたま目に付いたんで、これなら暇つぶしになるかなって思ったから」

「木工彫刻なんて、ワタルはするの」

「したことない」

幸平は少し笑ってベッドに寝ているワタルを見た。その顔からは本当に彫刻する気があるかどうかはわからなかった。

「何を彫るの」

「さあ、彫ってみないとわからない」

「芸術家だね」

二人は顔を見合わせて笑った。幸平は久しぶりにワタルが笑うのを見た。けれども、どこか冷ややかな部分をその笑顔に感じていた。

本当に彫刻するために買ったかどうか、聞くまでもない。あの集会でのことで自宅謹慎を受けて戻ってきたあとだからワタルの親は知らないだろう。迷彩服を着込んだ特殊部隊の兵士が持つような、刃の大きなナイフじゃないのが救いだと思った。

幸平はさらりとワタルに目を向けた。その表情は比較的穏やかだった。ワタルはまだこっち側にいる。

ワタルについての職員会議が行われた次の日曜日に、彼の両親がエスペランサにやってきた。その日を特別に帰宅日にしたので、校内には生徒はいなかった。子どもの声がまったく聞こえてこない校舎はそれだけで異世界に感じられた。

校長室に通されたワタルの両親は神妙な顔つきでソファに座り、上川、堂林、そして谷垣の三人が対応した。

不登校生にかかわらず、親たちの中には何でもかんでも学校に押し付けてくる者がいる。そういう親は入学させた以上、あとはすべて学校側の責任だと平気で考えている。今までさんざん手を焼いてきたので、もうこりごりだと言わんばかりに、すべてを学校に丸投げしてくるのだ。家では何もしない、手伝わない、言うことをきかない、などなど、およそ親のすべきことまで平気で責任転嫁してくる。

『親の言うことをきかないから学校に預けているんです。だから何とかしてください。月謝払っているんですから』と真顔で言ってくるので、それでも親か、と思わず言いたくなる。

ついこの間まで、子どもが学校に行かないと嘆き、今にも一家心中しそうな顔をして落ち込んでいたくせに、いざ子どもが元気になってくると、とたんに手のひらを返して身勝手な要求をしてくるのだ。裏を返せば、それだけ不登校というのは巨大な問題なのである。

そんな親に比べたらワタルの両親ははるかに常識的で、話がわかる人たちだった。だからこそ、逆に『いったいうちの息子に何を教えていたんですか』と迫られたら何と答えていいかという緊張感が職員側にあった。

電話でも話をしたが、事の経緯を谷垣がもう一度くわしく説明した。上川と堂林の二人はとなりに座っていた。まるで不発弾処理を部下に任せて、安全地帯から見守っている隊長のようだった。もしもワタルの両親が怒り出す気配を感じたら、何かの理由をつけて、真っ先にこの部屋から出て行くのではないだろうか。

両親はずっと谷垣の話に聴き入っていた。話は集会の時の様子になった。言わないわけにはいかない、けれども言い出す勇気がなかった。

そして、谷垣は大きく息を一つしてから言った。

「その時にワタル君がその子に向かって……刺すぞって……言ったんです」

刺すぞ、と言ったと聞いたら、母親の身体がビクッと伸びた。そしてその目から涙がぼろぼろと流れ出した。ハンカチを取り出して目頭を押さえて母親は再びうつむいた。となりの父親は膝の上で握りこぶしを作ったまま動かなかった。動かないというより動けないのだ。身動きできない父親、咽び泣く母親、この二人の胸に去来しているのは息子の惨たらしい未来図なのだろうか。

「息子は……ワタルは……本当に、刺すぞって言ったんですか……」と父親が言った。

「……はい……」と谷垣は答えた。

硬直したままの父親は大きく息を吐いた。泣いている母親の両肩がときどきしゃっくりみたいにひくっと震えた。握る手の力加減がベージュ色のハンカチにできたいくつもの皺でよくわかった。

谷垣はそんな二人をまともに見られなかった。

今まで何度となく二人に会ってきた。その度にワタルの成長を報告してきたし、話をするたびに、両親も明るくなっていった。とくに会うたびに元気になっていく母親の嬉しそうな表情は、見ているだけで谷垣自身も笑顔になった。関われば関わるほどワタルが元気になっていく。その様子は教員冥利につきた。自慢とまではいかないまでも、ワタルの回復そのものが谷垣にとってのメダルの色になっていた。

ところが今回だけは会いたくなかった。職員会議が終わったあとに、ためらいながら電話を入れた。受話器をとった直後の母親の明るい返事、いつもお世話になりましてありがとうございます、という元気のいい挨拶。谷垣はうまく応じることができなくなった。そのまま事実を伝えるべきなのだろうが、そんなことができる自信がまったくなかった。

「実は、ワタル君のことなんですが……」

最近、調子が悪く授業に気持ちが向かなくなっていること、何度も面談したがなかなか改善しないこと、そして全体集会でのことを話した。反抗的になったとまでは言ったものの『刺すぞ』といった件は伝えられなかった。

しかし、母親のショックは相当なものだった。絶句とはこういうことだ。

受話器を持ったまま母親は固まってしまい、口を半開きにして、呆然と突っ立っていた。その姿がはっきりと谷垣には見えた。悪い知らせだとは微塵も思っていなかったに違いない。

心配する息子はもう遠い過去のものになったはずだった。

三年前にエスペランサに入学して、少しずつ学校生活になれていって、気の合う友達ができて、授業にも出られるようになって、放課後には苦手だったスポーツもするようになった。それは一般的にはごく普通の中学生、高校生の姿だった。同時に親としてずっと求めていた姿でもあった。できるものなら大声で自慢したいぐらいだった。たいがいの家庭で手の届くところにある普通、特別なことをしなくてもすぐ横にある普通、ほとんど人が価値を見い出さないごく当たり前の普通。その普通がどれほど貴重なものか。子どもが不登校や引きこもりになり、何をどうしていいかわからない日々を耐え続けた親にとって、普通であることはこの上ない宝物だったのだ。それは死に至る重病に苦しんだあと、その病を克服できた者がありふれた日常に心から感動するのに似ている。不登校とはそれぐらい重いものなのだ。

ようやく暗いトンネルをくぐり抜けたあとに、目の当たりにした日常はワタルの母親にとって眩いばかりに輝いていた。気がつけば鼻歌を口ずさんでいて、我に返ると恥ずかしいぐらいだった。しかし、心の底からそんな自分が嬉しくてたまらなかった。そうした明るい日常が一気に崩れていったのだ。

「詳しいお話は学校の方でさせていただきますので、よろしくお願いします」

弱々しい声を上げながら、谷垣は受話器を置いた。それ以上はとても話す気にはなれなかった。

「どうなるんでしょうか、息子は」

父親の質問に谷垣はできるだけ丁寧に答えた。しかし、答えとはほど遠い内容だった。一言でいえば、わかりませんとしか言えないことを、ただ回りくどく説明しているに過ぎない。

「実際にワタル君がそんな無茶なことはしないと思います。でも、あんなにおとなしい彼が全校集会の場で、『刺すぞ』と言った裏には、それなりの理由があるわけで、それがわたしたちにもわからないんです」

「わたしたちはどうしたらいいんですか」

今度は目を真っ赤に腫らした母親が顔を上げて言った。それに谷垣はどう答えていいかわからなかった。同席している上川も堂林も口をつぐんだままだった。

自分は無力だ。子どもを預かり、学費をもらい、指導をしていると言いながらも、なんと無力だ。無力なのか。これで本当に教師と言えるのか。何よりワタルと一緒に過ごしてきたこの三年間はいったいなんだったのか。日に日に元気になってきたワタルのことを、さも手柄のように感じていた自分を谷垣は恥じた。これではままごと遊びと同じじゃないか。

「力不足で、すいません。ワタル君を支えることができませんでした。本当に申し訳ありません」

急に立ち上がって谷垣は頭を深く垂れた。

不登校を救う、もう一度やり直せるチャンスを与えて自立を支援する。そんな上辺だけの言葉などいくらでも並べることができる。けれども何の役にも立たない。そのことが悔しくてたまらなかった。

「まあ、谷垣君は担任ですから責任を感じてます。ですが、わたしたちも何とかワタル君には育って欲しいですし、実際に彼はここまで成長してきたんですから、これからも何とか指導していきたいんです。

彼が口にしたことをそのまま行うなどとは思っていません。ですが何かのきっかけで衝動的になるというのは誰にでも起こることです」

ようやく上川が入ってきた。

「わたしたちが心配しているのがその部分なんです。実際にワタル君があいった発言をしてから彼を真似るといいますか……同調するといいますか……やんちゃな振りだけをする生徒も出てきているんですよ」

「それだけワタル君の影響力が強いんです」堂林が続いた。

「何より万が一のことがあったら取り返しのつかない事態になりますから」

「わたしたちとしては、これからもワタル君を支援していきたいと考えていますし、またそうしないといけないと考えています」

「ただし、今回の件につきましては、電話で説明させていただくだけではいけないと思い、こうして来ていただいたわけです。わたしたちとしては今後もワタル君と面談を重ねていって、何とか彼が悩んでいること、差し迫って苦しんでいることを、少しでも理解して今後の指導にいかしていきたいと思っているんですよ」

「ですので、ご自宅の方で一度ご両親の方からも話していただきたいんです。決して責めるのではなく、力になりたいということをもう一度しっかりと伝えて欲しいんです」

まるで口裏を合わせていたかのように、二人は入れ替わり立ち替わり話し続けた。話し慣れたクレーム対応マニュアルを、朗読劇の読み合わせのように語っていた。

もしも校内でワタルがとんでもない行動を起こしたら、取り返しの付かないことになってしまう。そんな最悪の状況が仮に起こったにしても、事前に両親を呼んで、話をして、協力を仰いでおくことで、学校として手段は尽くしたことを示すことができる。もしかしたら、この話し合いを録音しているんじゃないか、いや、事が起こるなら学校外で起こって欲しいと本気で考えているのかもしれない。二人の話しぶりに、谷垣はそこまで感じていた。

ワタルの家が修羅場になる可能性だってある。そのことをこの二人はどう思っているのか。なにより刺すぞと言った息子と両親は冷静に話ができるものなのか。もしも自分が父親なら怒鳴りつけて、一発や二発殴りつけるだろう。

　無力感の底から偽善が顔を出してきた。そしてその偽善は笑い声を上げて谷垣に語りかけてきた。

『いいよな、先生は、いくらでも言い訳できるもんな』

　身体がかっと熱くなるのを谷垣は感じた。

　矛盾と虚無感が全身を羽交い締めにしていく。決して手を抜いているわけじゃない、けれどもワタルのなに一つ理解できていない。もちろん救えてもいない。その事実は谷垣にとって想像以上に重いものだった。

　勉強で遅れを取り戻すことや何かのスポーツに取り組んで仲間を作ることはもちろん大切だ。しかし、エスペランサにやってくる生徒はみなそれ以前の段階の子どもばかりである。いろんな意味でみんな既成の学校から追い出されてやってきている。

　だからこそ、ここでの寮生活を通して他人との関わりを体験していく。そうすることで理屈ではなく、身体で共同体を経験できる。仲間と過ごすこと、集団生活に慣れること、そして他人の意見をしっかりと聞くこと、自分の意見をはっきりと持つこと、感情的にならないで言葉で表現すること。そうしたことを小さなレベルから日常の中で繰り返し実体験していくことが自信につながる、生きることにつながる。

エスペランサのそうした教育に谷垣は魅力を感じた。他の学校にはない教師としてのやりがいを感じたのだ。

谷垣が初めて働いた公立学校は、教員を目指して、ひたすら努力してきた者を裏切るに十分に足るほど退廃していた。蔓延した事なかれ主義、上辺だけの対応、分が悪くなれば平気で責任転嫁する。

やる気満々の新人教師はその色に馴染んでいかねばならない。疑問を持っても口にしない、言われたことに逆らわない、目新しいことはしない。長年にわたり、やる気を蔑ろにしてきた慣習によってガチガチに固められた腐りきった枠組みに、パズルのピースとなって自分自身をはめ込んでいくしか道はない。

いったい何のための教師で、誰のための学校なのか。三年目を迎える前に谷垣は辞表を提出した。もうこれ以上は我慢できなかった。その意味で彼も不登校状態に陥った一人だった。

『きれいごと並べても、結局、お前ら先生は何もできないじゃないか』偽善の声はいつしか谷垣自身の叫びに重なっていった。

そのとき、母親が語りだした。

「わたしたちはワタルをこちらに預けて本当に良かったと思っています。以前のままでしたら、あの子は今でも家から出なくて、学校にも行かなくて、本当に何もできないまま過ごしていたはずです。

ですから、先生方に支えてもらって嬉しく思っています。本来でしたらわたしたちがしなければならないことを先生方にお願いしているわけですから、大きなことはわたしたちには言えません。

ただ、今回のことは、ワタルが何を思ってしでかしたのかはわかりませんが、決して許されることではありません。そのことはわたしたちの方から本人にはっきりと伝えます。

あの子ももう高校二年生です。もう一回り強くなってもらわないといけません。自分の力で強くならないといけない時です」

母親はゆっくりと、そして力強く語った。今後何が起こったとしても責任は学校ではなく、わたしたちの方にありますとお墨付きをもらった気がしたのか、上川の声色が少し和らいだ。

「おかあさん、その通りだと思います。今回の行動を乗り越えて、ワタル君に何とかプラスになるよう……」

上川をさえぎって母親が立ち上がった。

「谷垣先生、ワタルは先生のことが好きなんです。大好きなんです。ですから、今後ともお願いします。ワタルには先生が必要なんです。どうかよろしくお願いします」

そう言うと母親は谷垣に深々と頭を下げた。すぐに父親も立ち上がった。

「どんなことがあってもぼくがワタル君を守ります。こちらこそよろしくお願いします」

谷垣も立ち上がって深々と頭を下げた。

力がみなぎってきた。ごちゃごちゃいらないことを考える暇があるならワタルのためにベストを尽くそう。周りが何を言おうが放っておけばいい。谷垣はそう思うと、さっきまで纏わり付いていた偽善の声を自ら打ち消した。

立ち上がった三人の横で遅れて、上川と堂林も立ち上がりはしたものの、ワタルの両親は視線を合わせることはなかった。

「それで、家ではどうだったの」

「別に……もちろん、怒られたけれど……」

ワタルはなんとなく話しづらそうだった。幸平は自分から口を開かなかった。

「なんか……やたらと気を使ってた……親が……そんな感じだった」

「そっか……そんな感じか」

「うん……そんな感じ」

居心地のわるい間ができた。寝転がったままワタルは天井を見ていた。一方、幸平は目のやり場に困ってマンガの表紙を見たり、小さな置き時計を見たりと、居場所を探している猫みたいに落ち着きがなく辺りを見回していた。

後悔しているのだろうか、反省しているのだろうか。

ワタルがやらかしたことの原因が、社会に出て行く自信の無さと不安が引き起こしたという分析は、理に適っているがあまりにも単純で、できすぎている。

幸平にわかっているのは、ワタルがかなり危うい、ということだ。たとえどんな魔術が使えたとしても、ワタルの悩みを消し去ることはできない。その奥に潜んでいる核心の部分を言い当てる言葉を幸平は持ち合わせていない。教師たちも、臨床心理士も、持っていないだろう。そう思うと、いったい誰がワタルを救ってやれるのだろうか。このままずるずると卒業まで、はぐらかしながらいくしかないのか。進学するにしても就職するにしても、ワタルには爆弾を抱えたまま火の粉が舞う火事場に入っていく未来しかない。

幸平は黙って天井を見つめるワタルに目を向けた。その悟ったかのような落ち着きに幸平はぞくっとした。

残りの高校生活のあいだに劇的に変わるかもしれない、だがそれはあまりにも虫が良すぎる。よく当たるという評判の売り場に、朝一から並んで宝くじを買うのと同じだ。売り場の評判はいいかもしれないが、当たった試しは一度もない。

「どうするの」

返事はなかった。それ以上の言葉が幸平には見つからなかった。不器用な沈黙が二人を包み込んだ。

ワタルはまだ黙って天井を眺めていた。その姿を見つめる幸平にあるシーンが降りてきた。

強い陽差しがさしている土のグラウンド。雲ひとつない青空がスクリーンになって、洗いざらしのジーンズと陽の香りが残る白い木綿のシャツを着た少年たちはサッカーボールを追いかけている。カメラはやや下のアングルから彼らを映している。

体育の時間じゃない。休憩時間か放課後のようだ。ミュージックビデオのように、途中から、笑顔を浮かべた少年たちはスローモーションで動きだし始めた。輝く陽射しのなかで、一人ひとりが生き生きと躍動している。文句のつけようのない青春の一ページである。

　やがて、カメラが引いていくと、グラウンドの端にある背の高い金網に、大きな穴が開いていた。それは半径が数メートルもの黒い穴で、見事なまでのきれいな円だった。ターミネーターが移動してきたときにできた完璧な穴とおなじだ。

　陽射しがたっぷりと降り注いでいるグラウンドの横に、ぽかんと開いた真っ黒な穴は風景にはまったくなじんではいなかった。カメラがその円を映したとたんに、軽やかな音楽が消えて、少年たちの動きが止まった。笑顔が一瞬に消えて、みんな不思議な顔で穴を見ている。

　その中のひとりがゆっくりと穴に近づいていく。ときどき不安そうに仲間を振り返る。やがて彼の姿が消える。みんなが顔を見合わせる。すると次の少年が穴に近づいていく。少し穴の方からも近づいてきているみたいだ。そして彼もいなくなった。

　みんなはその場を離れようとする。けれども穴の方がそれ以上に速く近づいてくる。触手が穴から伸びてきてひとり、またひとりと穴の中に消えていく。カメラの前に一人の少年の悲愴な顔がアップになる。彼は泣きそうな顔をして左右の手でカメラをしっかりと摑む。穴は強烈な風を伴って彼を吸い込もうとする。声は聞こえない。彼の口は助けてと叫んでいる。体操選手のように、身体が真っ直ぐに伸びて地面と平行になる。カメラにしがみついている両手に青い血管が迷路のように浮き上がる。そしてまもなく力尽きた彼も消えてなくなっている。

再び軽快な音楽がテンポよく鳴り始める。グラウンドにはもう誰もいない。陽射しと青空と温もりは十分に残っていた。風に吹かれてぽつんと残ったサッカーボールがごろりと転がっている。上空からのカメラがゆっくりと引いていく。田舎の学校の土のグラウンドだけが映される。誰もいないグラウンドにサッカーボールが一つあるだけだ。音楽が消える。チャイムが鳴る。そして画面が暗くなる。

やばい。かなり、ヤバイ。幸平は感じた。

いま静かにベッドに横たわっているこの少年は一歩ずつ堕ち始めている。踏み込んではいけないあの闇の入り口の前で、気持ちが諦めに傾いてきている。ストッパーが緩んで役に立たなくなっている。

「お母さんがさ……お母さんが、話してくれたんだ」

ワタルが静かに話し出した。

「お母さんが小さい頃に親せきの家に行って、近くの山で遊んでいたときに、道に迷ったことがあって、どうしていいかわからなくなったとき、怖くて怖くてたまらなかったって。そのときに一匹の野良犬が出てきたんだ。その犬は尻尾を振ってお母さんに近づいてきたんだ。まだ子犬だったらしいんだけど……普通ならお母さんは犬好きだから、しゃがんでさすってってするところだろうけど、その時はそれどころじゃなかった。

するとと無性に腹がたって、その子犬を思いっきり蹴飛ばしたんだって。子犬はもの凄い甲高い声を上げてその場でのた打ち回った。

そのあとお母さんはその場で大声を上げて泣き崩れた。たまたまハイキングに来ていた人たちがその泣き声を聞いて助けてくれたんだけど、その時には子犬はもういなくなっていた」

そこまで話すとワタルは大きく一つ息を吐いた。

「お母さんは今でもそのときの苦しいそうな子犬の姿が忘れられないんだって、何でこんな酷いことをするんだと見つめてきたその犬の目が忘れられないんだって」

幸平は黙って聞いていた。

「刺したいなら……刺したいなら、わたしを刺しなさいって言ったよ」

天井を眺めているワタルの細い目じりからすっと涙が流れた。

「そう言ってテーブルの上に包丁を置いたんだよ。家でいちばん大きな包丁を置いたんだよ……銀色の大きな包丁を……」

ワタルは天井を見たままだった。幸平の目付きが鋭くなっていた。

「……それで……」

「……怖かった……」

「何が」

「自分が」

「包丁を握ったの」

ワタルは首を横に振った。

「でも……握ってみたかった……」

「どうして」

「……わからない……ただ、握ってみたかった……」

「……握らなくてよかったな……」

ワタルがピクリと動いた。

「……そうなの……」

「……握っていたら……」

「……握っていたら……」

天井を見つめていたワタルが横を向いて、赤くなった目で幸平を見つめた。助けを求めている目だった。わけもなく湧き出してくる怒りとそれを抑え込もうとする理性がぎりぎりのところで対峙している。もしもあいつらがいる向こう側に行ってしまったら、帰ってこれなくなる。そんな土俵際まで押し込まれている。

やっと決心がついて幸平は一番太い彫刻刀の柄の部分を触った。名人が作った習字の筆のように手のひらにしっくりくる感じがした。

この刃先はワタルをどうしようというのか、思わず握る手に力が入った。

チャイムが鳴った。上映が終わって一気に明るくなった映画館のように重苦しい空気がすっと抜けていった。ある意味で絶妙なタイミングであった。けれども何一つ解決していなかった。

幸平は手にした彫刻刀を机に戻した。

「また、くるよ」

「うん……ありがとう……」

「じゃあね」

幸平はそう言って消えた。もしかしたら幸平はもう出てこないかもしれない、とワタルは思った。

6

ブースを仕切るカーテンが開くと、そこに立っていたのは意外にも田部だった。国語を担当している年輩の教師で、貴志川と同様に上川がかつて勤めていた高校の教員仲間である。上川に誘われて定年後にエスペランサにやってきた。背が低くて髪が薄い男性で、貴志川ほどの馬力はなかったが、判で押したように同じ考え方を持った教師だった。

校則に従い、規則正しい生活を送ることで生徒は健全に成長できる。だから、少々強引であっても、まずそういった生活を送らせなければならない。特にエスペランサにやってくる生徒は不登校であり、引きこもっていたのだから、まず徹底してきちっとした生活習慣を、たとえ強制的になったとしても、つけるべきだと田部も考えていた。そんな田部から見ると、エスペランサは緩すぎる学校だった。

生徒をここまで甘やかしていいものか、という気持ちは消えることはなかった。しかし、上川が作った学校なので、基本方針について口出す必要はない。何より、もうそんな歳でもない。あと少しばかり教壇に立っていればお役御免になり、そのあとはのんびりした暮らしが待っている。

　ワタルは入学してから田部と話をしたのは数えるほどしかない。話をしたと言ってもせいぜい挨拶をする程度で、しっかりと接点を持った記憶はない。そんな田部がわざわざブースに来たので不思議な感覚になった。

「小林君、ちょっと話があるんだけれども、いいかな」

　ワタルはゆっくりとベッドから上半身を起こした。

「ここ最近、いろんなことがあったから、君も大変だと思うけれど……ちょっと話でもしようかなって思って」

　白いワイシャツにジャケットをはおり、紺色のスラックスをはいていた。ジャージやスポーツウェアを着ている教師が多い中で、田部はいつも先生らしい服装をしていた。

「ぼくは小林君とはそんなに話をしてきたわけじゃないけれど、こういう機会にいろんな話ができればと思ってね」

　ワタルは無表情のまま何も言わずにいた。

「小林君が悩んでいることの少しでも力になれればと思ってきたんだ、いまから相談室に来てくれるかな。先に行っているから」

　そう言うと田部はわざとらしい笑みを浮かべてブースを後にした。絶対にワタルが相談室に来るものだ、と自信満々の様子だった。田部が自主的に動いたのだろうか。今までなら動くのは担任の谷垣だった。それが今日に限って田部になった。

　田部はすばらしいほど場違いな人間に思えた。まるで盆踊りの会場にやってきたサンタクロースみたいだった。本人はやる気満々で出てきたのだろうが、出てくる場所とタイミングをここまで外す人はいない。

　なぜかわからないけれども、ワタルは相談室に行ってみようと思った。

《やめとけ、自分でもわかっているだろう、行っていいことなんてないから、やめておくんだ》幸平の声が聞こえた。ワタルはあたりを見回したが姿はなかった。少し迷ってからやはり立ち上がった。

《マジで行くのかよ、やめとけって》また声がした。さっきよりも語気が強かった。ワタルは止まることなくブースのカーテンを開けた。

《ワタル、持って行くなよ》

　今度は落ち着いた低い声だった。一瞬立ち止まったワタルだったが、その意味はよくわからなかった。

いつもなら行かない。もちろん田部にも、彼の話にも興味があるわけじゃない。また、相談室に行かないことで、ねちねちと言われることがわずらわしいからでもない。生徒として、先生に従う気持ちが動いたわけでも、集会での件を反省しての行動でもない。そんなことを気にするぐらいなら、とうに授業に出ている。

それは動物園にいる珍獣を見てみようという、やや面倒くさい好奇心に似ていた。珍獣といってもパンダみたいに、それ目当てに大挙して人々が押し寄せてくる看板動物ではない。どこの国から連れてこられたかもわからないまま、動物園の一番すみの檻に入れられて生きている、誰もが見向きもしない名も無き動物である。悲しみも喜びもない、ただ他にできることもないから、仕方なく檻の中にいるだけだ。そんな動物を帰る前にちょっとだけ見てみよう、という気持ちである。

相談室に向かう途中でワタルは小田に会った。

「なんや、授業に出るんか、お前」

驚いた表情を浮かべて小田は言った。ワタルは小さく首を横に振った。小田が立ち止まった。そして「相談室か」と言った。こっくりと頷いた。それ以上、小田は何も言わなかった。タオルを持っていたから、また素振りをしに行くのだろうとワタルは思った。

最近、ひとりで校内を歩いているワタルを見ることはほとんどない。だいたいは面接するために谷垣か熊代と一緒に歩いているか、別室で食事をとりにいくときぐらいだった。集会のあと、ワタルは他の生徒と分かれて食事を取るように命じられていた。その意図はわからないが、職員会議で決まったらしい。

相談室に入ると田部はすでに座っていた。

「まあ、そこに座って、なにも怒るような真似はしないから、気楽にしてくれよ」

話のわかる先生。優しい笑みを浮かべた田部はそういう印象を醸し出していた。ワタルは素直に向かい側に座った。歯向かおうとか、馬鹿にしようという気持ちはなかった。その反面、これから田部がするだろう話にもまったく興味はなかった。

「ここ最近、小林君はずっと授業にも出ていないし、あまりみんなとも交流していない様子だけど、何に困っているんだい。上川先生も谷垣先生も心から君の事を心配しているし、その気持ちは君もわかると思う」

田部の第一声がそれだった。

学校として手を焼いている問題児とじっくりと話をして、固まりきった心を解きほぐし、その本音を聞きだす。そして安心させて、もう一度進むべきレールに戻してやる。軌道修正をして健全な道に引き戻す。事がうまく運んで、教師としての手腕を高く評価される。さらに問題児の両親からは感謝され、本人からも尊敬される。

そうなったときの田部の様子をワタルはぼんやりと思い浮かべた。

「ぼくもね、若い頃にこれからどうやって生きていこうかと迷ったことはたくさんあった。それでも立ち止まらなかった。ぼくはね……」

若い頃の話を田部は語り出した。

高校のときに将来何をやりたいかわからなくて思い悩んだこと。いったん就職してからもう一度教員を目指そうと思い直したこと。教職課程を取るために夜間大学に入学して働きながら勉強したこと。二十六歳のときにようやく教師になれたこと。田部は一方的に語った。さらに、恋愛のことや上川たちとの思い出話、そして今でも付き合いのある卒業生のことなど話し続けた。

ワタルは斜に構えることもなく、不思議なぐらいに真剣な態度で聞いていた。しかし、話はとんと入ってこなかった。聞こえてはいるものの、琴線に触れる気配すらなかった。田部の熱弁はボリュームを大きくしたまま消し忘れたラジオみたいに、ただ音として流れていただけだった。

多くの先生がそうであるように、田部は感動的に脚色した自らの半生を語っていた。教師を目指した背景と葛藤、教壇に立ってから今までの成功と失敗、そしてすっかり思い出となった歓喜と後悔、そうした人生を送りながら、その間に恋をして、結婚をして、家族を持った。その家族を守る責任を持ってまじめに仕事に取り組んできた。話をしている田部は気持ちよさそうで饒舌だった。ときどき納得するかのように頷き、照れくさそうに小さく笑った。

耳障りのいい人生訓を次々と吐き出してくる。感情を高ぶらせて自然と口調が熱くなっていく。ただし、気持ちがいいのは話をしている本人だけで、聞かされている側はうんざりしているのが常である。

話は続いていた。まるで、みずから語る経験談の中に、ワタルの一生を左右するエピソードかキーワードを、隠し持っているかのように熱く語っていた。いったいその自信はどこから来るのだろう。ワタルには目の前の田部がマスターベーションしているようにしか見えなかった。そんな田部との間に、いや、すべての先生との間に、鉄格子があるのを感じた。動物園の端っこで、誰からも関心を持たれないあの珍獣がいる檻の鉄格子である。中にいるのは田部なのか、それともワタル自身なのだろうか。

《だから行くなって言ったじゃないか》また幸平の声が聞こえた。

だんだん田部の声が小さくなっていくと、強いメンソール味の飴を舐めたみたいにツーンとした刺激が鼻の奥から頭の先まで走った。すると、意識の中にぽっかりと大きな空洞ができた。そこに浮かび上がってきた透明な世界に霧が下りてきた。ゆっくりと霧はワタルの意識を包み込んでいった。

頭の芯が熱くなっていく。まもなく霧の中に、あのらせん階段が浮かんできた。細くて今にも壊れそうな古い木でできたやつだ。階段は霧の上まで続いていて、いつもと同じでおとぎ話みたいに先は隠れて見えない。その上から微妙な音が鳴り始めた。どこかで聞いた音だった。

初めてエスペランサにきた時に両親と一緒に校長室に通されたあとに、案内してくれた岩木が閉めたドアの音だ。確かあの時も聞いたことがあると思った。バタンという響きにはもう逃げられないという啓示があった。その音がいま霧の先から聞こえてきたのだ。

ワタルは姿勢を正して座りなおした。

エスペランサに入学したころ、野栗恵美という高校生がいた。高校生といっても過年度生でワタルが中学二年の時に、すでに二十代半ばだった。取り立ててかわいくもなく、特別スタイルがいいわけでもない。一見してどこにでもいる女の人だった。

彼女は率先していろんなことを手伝い、言われなくても掃除や食事の準備を行っていた。だからワタルは最初、先生だと思ったぐらいだった。

彼女はエスペランサがフリースクール時代にいた生徒だった。いったん修了して離れたものの、進学することも就職することもできず、再びエスペランサに戻ってきた。過年度生であるために、立場はアシスタントだった。

ただ、彼女は細かなことにこだわりが強く、自分のやり方が通らないと、すぐに癇癪を起こし、所かまわずパニックに陥った。自分が置いた箸とコップの場所が違っているだけで、誰がやったのかと怒り始めるのだった。本人に悪気はない。ただ、何も言われずに置き場所を変えられたことが我慢できないのだ。

そんな野栗恵美は生徒から白い目で見られ、職員からも腫れ物のように扱われていた。そのことがさらに彼女を追い込んでいった。パニックになると、いつも泣き叫んだ。その声は低く、くぐもっていて、とてもじゃないが人間の声とは思えなかった。だだっ広いサバンナで甲殻系の巨大な動物が、みずからの縄張りを主張するかのような、低くて太い叫び声だった。

校長室にいたときに、彼女の叫び声が廊下から聞こえてきた。それからも、彼女がパニックを起こすと、昼だろうが、夜だろうが、彼女の絶叫が校内に響いた。その度に先生たちは彼女を相談室に連れていった。

叫び声が聞こえる度に、ワタルはいつも悪霊を思い浮かべた。オカルト映画に出てくる悪魔が棲み着いている病院とこの学校が重なった。

　屋上にある折れ曲がった柵。そこには今にも飛び降りようとする野栗恵美がいた。「もう、嫌だ、もう、嫌だ」涙と鼻水で顔をぐちゃぐちゃにしながら彼女は泣き叫んでいた。そんな場面を思い浮かべながら、同じ場所に来てしまった事実に改めて怯えていた。自分はこんな場所にくる人間だったのか、と思うとワタルは悲しくなった。

　彼女はいまどうしているんだろうか。働いているのだろうか、進学したのだろうか、いまでもパニックを起こしているんだろうか。

　濃い霧の先まで続く階段から聞こえてきた微妙な音が、少しずつ野栗恵美の叫び声に変わっていった。怒っているのか泣いているのかわからない。けれども、目に見えない何かを感じて、不安になり、パニックを引き起こし叫んでいる。

　ひっそりとした夜の住宅街。突然、あの叫び声が響く。辺りの家々に明かりがついて、寝巻き姿の上からカーディガンの類を羽織った近所の人たちが、サンダル履きのまま次々と外に出てくる。いったい何の声なのか、と人々は首をかしげながら不思議に思う。

　星の見えない夜空にかかった雲に隠れた三日月から、ぼんやりとした光が水に落とした一滴の墨のようにどろんと鈍く広がっていた。となりにいる誰かが、どうにかかわかるぐらいの暗い夜だった。

思い出したかのように声がまた聞こえた。今度はもっと大きくて太い叫びだった。集まったみんながいっせいに声がした家の方を見る。叫び声は止むことなく、次第に大きくなり、物が壊れる音や何かが割れる音が続いた。心配した数名が集まってその家のチャイムを鳴らす。一度、二度、三度。ようやくインターフォンから声がすると《大丈夫ですか》と声をかける。《はい、大丈夫です。お騒がせしてすいません》と聞き覚えのある声だった。安心した人々は互いに顔を見合わせてそれぞれの家に戻ろうとした。

次の瞬間、一段と大きな声がしたかと思うと、一階のガラス戸が壊れて血だらけの野栗恵美が飛び出してきた。そんな彼女を背後から父親が必死に食い止める。そのすぐ後ろで母親が口に手を当てたまま、なす術なく泣き崩れている。

人々は慌てて自宅に戻り玄関の鍵を閉める。何が起こったのか、何で叫んでいるのか、誰にも何もわからない。ただ経験したことのない異常が目と鼻の先に現れたのだ。わかったことはそれだけだった。

そんな情景が霧に包まれた中に浮かんできた。

集団生活をおくる上で、率先して掃除や手伝いを行うことは悪いことじゃない。それどころか賞賛されてしかるべきことだ。けれども野栗恵美はその性格によって疎まれ、蔑まれ、みんなから白い目で見られていた。いくら良いことをしても、いくら気配りをしても、誰からも認められず、みんなの冷たい視線が、不安定なその精神をさらに残酷なまでに刺激していくだけだった。

彼女を取り巻くみんなの態度は、まぎれもなくイジメだった。ワタルは積極的に参加したわけじゃない、反対にやめるべきだと声を上げたわけでもない。ワタルが目にしたのは集団が持っている恐ろしいまでの非情さだった。異質なもの、というよりも馴染まない誰かを吊し上げる罠を平然と作り上げる裏の顔だった。そうすることでみんなは安心していた。

罠と言っても小さなことで、わざわざ準備するほどのものではなかった。上履きの位置をちょっとだけずらす、少し離れて座る、話しかけられても聞こえない振りをする。その程度のことで十分だった。とても罠とは呼べない些細なことに悪意を感じると、彼女はすぐに騒ぎ出し、狂ったように泣き崩れていった。そんな姿をみんなは黙って見つめていた。その視線には何の感情もなかった。みんなはただ見ていた。

生徒たちは多かれ少なかれ引け目を背負っている。本来なら普通に学校に通っているはずなのに、それが適わなくなった事実が傷となって残り、出遅れた人生を取り戻せるのかという不安に煽られている。次がないのでは、という恐怖にいつも怯えて、そこから目をそらすために、ゲームやネットに逃げ込んでいく。しかし、エスペランサにいれば、そんな自分と向き合わねばならない。そこでいけにえを作り出したのである。

野栗恵美が狂う姿を見るたびに、みんなはここまで酷くはない自分を確認した。それがみんなの安心だった。その意味で野栗恵美は必要な仲間だった。少なくともエスペランサにいる生徒のために、絶対に幸せになってはいけないモデルとして、欠くことのできない友人だった。

そんな彼女といまの自分はどこがどう違うのだろうか、とワタルは思った。ワタルはみんなのために率先して奉仕することはない。その代わりに癇癪を起こして八つ当たりしたり、パニックに陥って所かまわず喚き散らしたりすることもない。

けれどもあの集会のときに心身を締め上げてきた圧力。息をしようと思ってもできなくなり、猛烈に身体中が熱くなっていった。汗がにじんできて、どんどん気分が悪くなり、今までに経験したことのない巨大な怒りに、ありとあらゆる血管が破裂しそうなほど膨張していった。

記憶が飛んでしまったあの怒りと、野栗恵美が絶叫した気持ちと、どう違うのか。

いつの日か自分も不安定な精神に支配されて、何かとんでもないことをやらかすのではないだろうか。

母親が目の前に置いたあの銀色の包丁、磨かれた刃先が宝石のように光っていた包丁から、手招きする魅力的で妖艶な声が聞こえてくる。そう思うとワタルはパニックを起こして叫ぶ野栗恵美の気持ちがわかる気がした。ということは、自分も幸せになってはいけないない人間なのかもしれない。

「だから、小林君も勇気を出して授業に出たらどうだね」

田部のその声が熟睡しているときに、けたたましく鳴り出した目覚まし時計のように聞こえた。ビクッと身体が反応して我に返った。ワタルは呼吸を整えるまで少しかかった。話の中身は何も覚えていない。でも大方は済んだようだった。

「はい、わかりました」

そう答えながらワタルは少し笑った。《何がわかったというんだ、おい、いい加減なことを言うなよ》と幸平の声がした。幸平も笑いをこらえているようだった。

「そうか、わかってくれたか、じゃあ、今からでも教室に行けばいいから」

「あの～一つ聞いていいですか」

「ああいいよ」

「田部先生は幸せですか」

田部は少し驚いた。

「幸せですかって……どうしてそんな質問をするの」

「……どうなのかなって思って」

「それは、もちろん幸せだと思う。この歳になっても仕事ができているし、家族も健康でいてくれてるし、去年は二人目の孫も生まれたし、これで不幸だといったら罰が当たるだろうな」

「幸せになろうと思ってもなれない人っていると思いますか」

「そりゃあ、いるだろう」

「じゃあ、幸せになったらいけない人っていると思いますか」

「う〜ん、結果的になれなかった人はいるけど、生きている以上はみんな幸せになりたいって願っているし。最初から幸せになる資格が無い人なんていないよ。そんな人がいたら生きている意味がなくなるじゃないか」

生きる意味がなくなる。つまり、生きていても仕方がないってことか。

《おい、ワタル、その辺でやめておくんだ》幸平のまじめな声がすぐ近くで聞こえた。

ワタルは少しトーンを抑えて続けた。

「じゃあ、先生は生きていて楽しいですか」

「それは楽しいよ」

　にんまりと笑った田部はまた話し始めた。

「幸せになるには待っていてはダメだ。何か夢中になれることを見つけて全力で挑戦することが大事なんだ。特に若いうちはいろんなことにチャレンジしていくべきだ。小林君も早くそうした夢を見つけて、頑張っていけばいいと思う。努力は必ず実になるから、自分を信じて頑張っていけばいいと思うよ」

　ワタルは目の前で悦に浸っている初老の男を見つめた。この男は何も持っていない。あらかじめ、先生という決められた衣装を着て、決められた台詞を口にし、決められた行動を取る。努力を賛美し、夢の力を称賛するけれど、そうした世界とはまったく無縁の人生を歩んできている。

　これが先生というやつだ。幸平が言っていた生き様という台詞がぼんやりと浮かんできた。こいつらはいつも安全地帯からマニュアル通りに接してくるだけだ。

　でも、きっとそれは悪いことじゃないんだろう。ただ、そのマニュアルに見合っただけの効果はなく、語る姿はむしろ滑稽にすら見える。そのことを指摘されたとしても、一生懸命さや真面目さを盾に言い返してくるだろう。だから、いつも連中の話は似たようなものでしかないのだ。

　田部は満足そうにワタルを見つめていた。こんな男から人生を説かれるなんて、ワタルは馬鹿にされている気持ちになった。幸平が、持って行くなよと言った意味がようやくワタルはわかった。

「あまり話さないと思っていたけど、こうやって向かい合ったら小林君はけっこう話をするんだな、また機会があったら話そうよ」

「はい」

　まるで卒業式で生徒代表がするような立派な返事だった。そしてワタルはにっこりと笑った。田部は満足そうだった。

　ワタルは相談室を出て真っ直ぐに教室に向かった。

《おい、ワタル、やめておけ、行かない方がいいよ》横を向くと幸平がいた。その丸い顔は霊のくせに真っ青だった。それでもワタルの歩幅は広くなり早足にもなった。

　教室の後ろ側の扉を開けると、一斉にクラスメートが振り向いた。教壇にいた岩木が一番驚いた顔をしていた。

「……ワタル……」

「小林ワタルです。遅れてすいません」

奇異に思えるほどの元気のいい声に空気が一気に重くなって、教室の中央にずんと沈殿した。ワタルは一番後ろの自分の席に背筋を伸ばして座った。そして見事なぐらいの正しい姿勢で黒板を見つめた。

おどおどしながらも、岩木は歴史の授業を再開した。だが、その声は裏返っていた。ずっと休んでいたワタルが突然現れたかと思ったら、見せたことのないやる気を漲らせている。危うい緊張感がまたたく間に全員に伝播していった。

みんなの目に映ったのはあのワタルだった。一見すると暗い印象を与える静かなワタルではなく、集会の時に「刺すぞ」と唸ったあのやばいワタルだった。

いきなり現れたワタルが生み出した、重くて不吉な空気がみんなの意識をあっという間に支配していった。緊張感の密度が一気に上がった。ワタルはいてはいけない何者かになっていた。《お前はここにいてはいけないのだ》という声にならぬ声が聞こえてきた。教室にいた全員が怯えていた。黒板を見ながらも全神経を後ろに座っている異物となったかつての同級生に向けていた。

野栗恵美はきっとこんな中で過ごしていたのだ。

彼女はどんなに仲間入りしようと思っても、受け入れられることはなかった。気を使い、他人のために動きまわり、率先して皆が嫌がることも引き受けた。

誰よりも早く食堂に来て食事の準備を手伝う。授業後に教室の机を拭いて、黒板の周りを整理整頓する。誰か手伝ってくれないかと言われれば真っ先に手を挙げる。そうしないと受け入れられなくなると信じていたからだ。

しかし、あれだけ献身的な行動を懸命に続けたにもかかわらず、彼女は周囲の者を一歩も二歩も引かせてしまう異質な何者かでしかなかった。《いつもありがとうね、恵美ちゃん》と先生たちは声をかけた。けれども、すべて上辺だけの軽い言葉だった。そうした感謝や労いの言葉を耳にするたびに、それらは彼女の心の中に蓄積して、化学変化を起こして、意識の根底にある疑問を膨らませていった。

誰に問いかけても答えが返ってこない疑問。

どうしてわたしは仲間になれないのか、どうしてわたしには友人がひとりもできないのか、いったいわたしの何が悪いのか、なにが間違っているのか、そして、いつまで独りでいなければいけないのか、という疑問だ。

みんなのためにやれることを精一杯しているにもかかわらず、彼女はいつも独りだった。先生たちや生徒との距離は最後まで縮まらなかった。みんなはいつも離れて彼女を見下していた。

そこにはあらゆる人や組織、そして社会が否定しているイジメがどかんと胡坐をかいていた。してはいけないことだ、人として最低な行いなんだ、と教えられてきた差別が大きな顔をして居座っていた。先生を含めて誰も止められなかった。いや、止めようとしなかった。

生贄だったのだ。痼癪やパニックを引き起こし、みんなからつま弾きされることで彼女はこの世界に踏みとどまることができたんだ。きっとこれからも、みんなが上手く生きていくための見返りとしてずっと独りぼっちで、誰からも相手にされず、世界の一番端っこの檻の中で生きていくしかない。

そんな野栗恵美がとても身近に思えた。今なら彼女と友達になれるかもしれないとワタルは思った。

《だから、行くなって言ったじゃないか》幸平が言った。

「いいんだよ、これで、これで良いんだよ」

ワタルの突然の声にみんなが振り返った。ルイ十六世の話をしていた岩木までが驚いて目を見開いたまま固まり、その手からチョークがするりと落ちた。

ワタルは急にすっと立ち上がり、歌舞伎役者が見得を切るみたいな目つきで周りを睥睨した。《怖いか、恐ろしいか、刺してやろうか》ワタルは心でそう呟いた。

ワタルがにやりと笑った。

クラスメートたちの顔から血の気が引いた。溢れていた不穏な空気からきわどく危険な香りがし始めた。教室のあらゆる動きが止まったままだった。ワタルがすべてを凍らせたのだ。《落ち着けよ、ワタル、落ち着くんだ》幸平の叫びに近い声が聞こえた。

「どうしたんだ、ワタル」ようやく岩木が声をかけた。

「大丈夫です」ワタルは答えた。そして座った。それからは何も言わなくなった。まもなくチャイムが鳴った。鳴ったとたんに呪縛が解けたかのように、みんなは立ち上がってワタルから距離をとった。何人かがすぐに教室から出て行った。同時に岩木がゆっくりと近づいてきた。

「ワタル、本当に大丈夫なのか」

ワタルは黙って頷いた。その表情はいつものワタルに戻っていた。

「どうして、また授業に出ようと思ったの」そう尋ねてから岩木はそんな質問をしたことを悔やんだ。「ごめん、変なこと言って」すぐに謝った。

ワタルは気にしなかった。岩木は教員の中で若い方で、谷垣の弟分みたいでワタルにとって比較的身近な先生だった。

岩木は体調や気分について念を押すようにもう一度きいてきたが、ワタルは頷く程度で言葉は発しなかった。

「そうか、それならいいんだけど……でも、ワタルが来てくれて嬉しかったよ……ありがとう」

最後にそう言ってワタルの肩をぽんと叩いて、岩木は職員室に戻って行った。ただ、岩木が震えているのがワタルにはわかった。

ワタルはしばらく教室にいた。教室に残っていた生徒は誰一人としてワタルに話しかけてくるものはいなかった。以前までよく話しかけてくれた望月でさえも目すら合わせなかった。

ワタルはこの風景を覚えておこうと思った。いま目にしているのは野栗恵美も見ていたもので、きっとこれからもワタルの身近にある風景だと思った。

掲示板に張られた時間割を見ると、次の授業は田部の現代文だった。ワタルは立ち上がった。途端にぴりぴりしていたクラスメートたちの目が集まってきた。そんな視線を受けながらワタルは教室を出て行った。幸平の声は聞こえてこなかった。その代わりに野栗恵美が見つめている気がした。

「やっぱり幸平が正しかったみたいだね」

「正しいかどうかわからないけど、ああいう話はいまのワタルにはプラスにならないのは自分でもわかっていただろう。なのにどうして行ったんだよ」

「……うん……」ワタルははっきりと答えなかった。

教室を出たあとワタルはいったんブースに戻った。だが、すぐに生徒昇降口から外に出た。田部とじっくりと話をした直後に彼の授業に出ないとなると、またやってくると思ったからだ。「どうした、頑張りますって言っていたんじゃないのか」なんて言いながら、ブースにやってくる自信満々の顔なんてこれ以上はお断りだった。

秋の爽やかで澄み切った空の下で、ワタルは大きく深呼吸をした。見上げた青天は果てしなく続き、周囲の山々をくっきりと浮かび上がらせていた。春みたいな暖かい陽に照らされた山々に現れた紅葉は、鮮やかなペルシャ絨毯のように七色に輝いていた。

ワタルはもう一度両手を突き上げて大きく伸びをした。気持ちがいいとはこういうことなのだと思った。陽射しが運んできた暖かい心地良さは完璧だった。本当に気持ちが良かった。

校舎とグラウンドの間には木が数本植えられていた。そんなに背は高くはないし、名前も知らない。ワタルがここに入学した時から変わらぬ姿のままだった。成長するわけでも枯れるわけでもなく、実を付けることもなければ葉を落とすこともない。一年中同じ場所で同じように突っ立っている。

ワタルはそんな木をしみじみと見つめた。そしてその内の一本の幹に掌を当てた。陽に照らされた幹はじんわりと温かった。ざらりとした表面の手触りを感じながら、何か特別な力が伝わってこないかな、と本気で考えていた。

ワタルはもっと陽当たりのいい場所に移った。また全身に陽を浴びた。五月と言っても何の違和感もない。ほんとうに春みたいだった。温暖化も悪くはないと思った。ふんわりとした温もりが身体に染み込んでくる。そう言えば今までに空を見上げて、こうして伸びをしたことなどあったかな、と思った。ないことはないはずだけど思い出せなかった。

ワタルはこのまま地面に寝転がって太陽を浴びたらきっと気持ちいいだろうなと思い、グラウンドに下りていく石の階段に向かった。その階段は横に長く、一段の幅も普通よりもかなり広かった。その前に立つと中ほどで寝そべっている小田を見つけた。

小田はパーカーを丸めて枕代わりにして、タオルを顔にかけていた。太めのお腹の上にはゴルフクラブがあった。寝入っていたのかワタルが近づいて行くまで動かなかった。

階段を下りていくと気配を感じたらしく、小田はタオルをとって逆光の下、目を細めてワタルを見た。

「なんや、ワタルか」そう言うと小田はまた目をつぶって、顔にタオルをかけた。ワタルはそんな小田をじっと見つめた。

ワタルの中からさっきまでのポカポカした心地良さがすっと消えていった。

授業の空き時間に話をしようといって相談室にいった田部と、同じ時間にゴルフの素振りをして、気持ち良さそうに寝転がっている小田とが、同じ先生であることに不思議な気持ちになった。どっちが良くてどっちが悪いなんてどうでもいい。そんなことは誰かが勝手に決めればいい。

田部は正攻法だった。相談室に呼び出して怒るわけでもなく、経験をベースに人生を説いた。数多くの喜びや悔しさに彩られた過去から手に入れた人生訓に、田部なりの自信があったのだろう。

ただ、その話はほぼ予想通りだった。野栗恵美のことを思い出してからは、よく覚えていないけれど、先生と呼ばれる人々がする話の枠組みに、すっぽりと収まる行儀のいいものだった。決して聞く耳を持っていなかったわけじゃない。ただ面白くなかっただけだ。

田部のことは好きでも嫌いでもない、ひとりの先生でしかなく、それ以上でも以下でもない。しかしテーブルを挟んで熱く語るその姿は、自惚れているようにしか見えなかった。まったく受けないお笑い芸人のライブみたいで、舞台に立っている芸人だけが気持ちよくて、観客はまったく面白くない。出る人天国、観る人地獄の舞台と同じだった。

なぜなんだろうか。

ここの先生たちはみんな良い人だけれど、の『けれど』が付いてしまう理由を幸平は生き様だと言っていた。今でもその意味はワタルにはわからない。でも田部を思い出すと、なんとなく生き様ってものにちょっとだけ近づけた気がした。

ワタルは大きくひとつ息を吐いて階段に座った。ごろりと横になっている小田はタオルを顔にかけたままゆっくりと息をしていた。お腹に乗せたゴルフクラブが上下していた。

恵まれている。

いまこうして授業にも出ず、すべてに背を向けているけれども、怒られるわけでも、責められるわけでもない。それでも周りの人たちはこんなぼくを何とかしようとしてくれている。ここにいたら決して見捨てられることはない。そんな環境にどっぷりと浸かっていると、ひと一倍臆病な自分から目を逸らして過ごしていられる。今のままじゃダメだ、と何度も、何度も、何度も考えてきたし、どうするんだと繰り返し自分に問いかけてきたものの、ちっとも動かなかった。

いったい小林ワタルとは何者なんだろう。優等生でもないし、不良でもない、何かに夢中になることもないし、自主的に動くこともない。たとえ動いたとしても長続きはしない。悩んでいるだけで解決しようとしない。すべてにおいて中途半端で、守られていないと何もできない、メチャクチャ弱虫で情けないこの人間はいったい何者なんだろうか。

クソガキだ、とワタルは思った。

何の役にもたたないまま、親の脛をかじって、ちんたらしているだけのクソガキだ。そのくせ将来が怖くてたまらない。ある日、あるとき、ここから連れ出してくれる誰かを待っている。そんなウルトラマンみたいな誰かなど、現れるはずなどないと知っているにもかかわらず、現れないことに苛立っている。

間違いない、おめでたいクソガキなのだ。

きっとクソガキでいられるってことは恵まれていることなのだ。いや恵まれているからこそクソガキでいられるのかもしれない。いつまでクソガキでいられるのだろうか。時間の経過によって、ところ天みたいにクソガキ時代から押し出されたあと、いったいどうなるんだろうか。

居心地のいい陽だまりに佇みながら、ずっとこのままでいるのが一番楽だろうなと思った。何かやりたいことを見つけて、それに没頭してそれなりの成果を挙げる。やり遂げたあとに、額に浮かんだ汗を拭って、ほっとひと息する瞬間に味わう充実感に無類の憧れを抱いている。そうした感動を少しでもいいから味わってみたいと、心から願っている。けれども、いつまで経っても煮え切らないまま、動き出さない自分に滅入りながら、ダラダラと過ごしている今が、きっと幸せなのではないかと思った。

特別な人間になりたいとは思わない。スポットライトに照らされる有名人や大金持ち、起業して一代で名を残すような人にはまったく興味がない。また、荒海に立ち向かう血気盛んな勇者にもなりたくもない。

それよりも穏やかな海原を波に任して漂っている小船で昼寝をしている人生がいい。でもそんな人生なんてあるはずがない。きっと大金持ちや有名人の方がなれる確率は高いのではないだろうか。

ワタルは空を見上げた。

小田は気持ち良さそうに横になっていた。ワタルは立ち上がって、自分の影が小田の顔に重なるようにした。

「どうしてん」目をつむったまま小田が言った。

「小田さんは幸せですか」

注ぎすぎた水がガラスコップから溢れ出るかのようにワタルは問いかけた。思わず口にしたワタルも自分に驚いていた。

タオルを剥がすようにとった小田はワタルをまじまじと見た。まるで捕まって、連れてこられた宇宙人を見たような唖然とした目だった。

「いきなりか、いきなり《幸せですか》か」

小田はまた寝そべったまま一つ息を吐いた。ゴルフクラブが大きく動いた。

「考えたことないわ」

「考えるものなんですか、幸せって」

「さあ～でも、しみじみと俺は幸せだなあ～なんてやつはおらんやろ。そんなやつがおったらちょっと危ないんとちゃうか」

小田はそう言うと、むくっと起き上がって座った。両手をこれでもかというぐらいに伸ばして大きな欠伸をひとつした。そしてワタルに、まあ、座りいなと言った。ワタルは少し離れて隣に座った。

「幸せかどうかって考えたことなんてないわ、ってことは、幸せなんかもしれへんな」
「そうなんですか」
「何を以て幸せかなんて個人の問題やろ、高級車を乗り回したり、綺麗なお姉ちゃんを連れていたりして幸せやと思う奴もいるやろし、そんな奴をみて、あいつは幸せだって思うやつもいるし、別に何とも思わんやつもいるから、幸せってこういうもんやとは決められないんとちゃうか」
「じゃあ自分で幸せだと思ったらその人は幸せなんですか」
「うん」
「そんなものなんですか」
「そんなもんや、ぼんやりしているもんとちゃうかな、幸せって」
「じゃあ、小田さんは幸せなんですか」
「わからん……っていうか、どっちでもええって感じかな」
「へえ〜〜」
「幸せであるかないかが大切なこととはちがうやろ」
「大切なことってなんですか」
「何やろな〜」

小田はそう言ってゴルフクラブを握って剣道の竹刀のように前後に振った。

隣に座っていたワタルは話の内容も気になるところだったが、それ以上にすらすらと話ができていることが不思議だった。いつもの焦りまみれの緊張感はなかった。もしかしたら、あの木が不思議な力を分けてくれたのかもしれない。

「大切なことか……わからんわ」

そう言って小田は笑った。

めずらしく話し出しているワタルを前にしても小田はいつもの通りだった。田部はワタルが話すことに驚いていたが、小田にはそんな様子は見られなかった。

ワタルの中で小田という人が変な人から不思議な人に変わった。幸平は今でもイカレタ先生だと言うけれど、この人はイカレテそうに見えて、本当はイカレテいない。

「小田さんは二重人格なんですか」

「俺がか、なんで二重人格やねん」

「だって総合のときと補習のときとはぜんぜん違うし、仕事中にこうやってサボって、ゴルフの素振りしているし、なんか、そんな先生っていないじゃないですか」

「だから……」

「だから二重人格っていうか、ヘンな人だなって」

「ヘンな人？？？　おい、ワタル、お前、ワシにケンカ売ってるんか」

急に眉間に皺を寄せて小田が睨みつけながら呻ってきたので、驚いたワタルは腰が浮いて身体がのけぞった。普段でも危ない人にしか見えない小田が、急に凄んだので全身が震えた。

そんな小田の表情がふにゃりとなった。

「冗談や、ビビり過ぎやぞ……二重が三重かは知らんけど、そんなもん勝手に決めたらええやん」

「気にならないんですか」

「うん」

「マジですか、周りにどう思われているかって気にならないんですか」

「気にしてどうすんねん」

小田は立ち上がって、ワタルの正面に立ってクラブを振った。振り上げたクラブの先が陽射しにきらりと光った。ビュンという勢いのある音が聞こえた。

「じゃあ、メチャクチャな人間を演じるのは疲れませんか」

自然と口をついて出てきた。素振りをしていた小田が動きを止めた。

言ってしまってからワタルは大いに戸惑った。まるで立場が逆転して、自分が上から目線でものを言っているかのように思えたからだ。今度こそ本当に小田が怒るかもしれないと思った。

「ほう、今度はそうきたか」

小田はそう言って笑って、しばらく山の方に目を向けた。そしてそのままの姿勢で話し出した。

「疲れはせん。ただ周りに合わせなあかんときは正直に言ってある。腹で思てることも我慢して言わない時もあるし、アホみたいなやつらに、付き合わなあかんからイライラする時もある。

いつも適当で、ノー天気で、ゴルフのことしか考えてない小田了介でおらなあかん。それはけっこうきついもんやで。でもな、そんな自分の本音を誰かに理解してもらう必要なんてこれっぽっちもないし、そもそも他人のことなんか誰にも理解できひんやろ」

「それって、嫌にならないですか」

「ならないって言ったら嘘になるやろな」

「小田さんも自分が嫌になるんですか」

「そらなるで、他人が考えてる小田了介でおらなあかんのは、めんどくさいし、嫌になる。第一、自分のことがようわからんからな」

「本当なんですか」

「うん。そんなもん、わかるわけないやろ。俺はこういう人間です、なんてわからんで」

　そこで小田はまたクラブを一回振った。

「もともとから、クソまじめな人生なんておもしろくないって考えているからな、かといってこんな生き方が良いかどうかもわからんけどな」

「不安にならないんですか」

「なるよ、お前と一緒や」

　ワタルは強い電気を流されたかのようにドキッとした。小田はそんなワタルを見て言った。

「不安は消えない。生きている以上は必ず不安はある。だから引き受けるこっちゃ。何とかしようと思っても、何ともならんにゃから、何とかしようとするのをやめればいい」

「そんなことできるんですか」

「できる、できないじゃない。するんや」

「どうやって」

小田は空を見上げていった。

「う〜〜ん……下を向かんことかな……」

「ぼくにはできないっすよ」

「できるさ、っていうか、もうしてるやん」

「ぼくがですか」

「うん。してる。せやから、それだけ苦しんでるんやろ」

ずっとこびりついていた重たい何かがぽろりとはがれ落ちた。

ワタルは小田を見つめた。そして思っていることをすべてこの人に話してみようと思った。上手く話せるかどうかわからない。でも、いまなら話せる気がした。

何度も詰まりながらも、ワタルは話し続けた。自分で自分のことがわからないこと、集会で感じた猛烈な怒りが恐ろしいこと、将来何かとんでもないことを引き起こすんじゃないかと思えてしまうこと。普通になりたいけどなれないこと。これから生きていく自信がないこと。

話をしながらワタルは何度も目を拭った。なんで涙が出てくるかわからなかった。悲しいわけじゃないのにとめどなく涙が溢れてきた。小田は黙って話を聴いていた。

もう素振りはしなかった。

　ひとしきり話し終えたワタルは、座ったまま顔を両膝の間に埋めるようにして、小さく丸くなった。陽射しを受けた背中がほんわりと暖かくなっていた。気持ちがいいのはそこだけになった。細い身体が小さく震えていた。

　そんなワタルをみて小田はゆっくりと話し出した。

「ワタル、いまは自信を持って苦しめ、大変やけど苦しんでおけ。ただし、どんなに苦しくても理由を外に置くなよ。それをしたら底なしになるからな」

　ワタルの頭が上がった。

「………」

「将来、お前が自立できるかどうか俺にはわからん。不登校になって、ここにやってきたのに、またブースに引きこもってるんやから、怖くて不安でたまらんのもわかる。でもな、その逆で自信満々で生きてるやつもおらん。

　その代わりに自信満々の振りして生きているやつらはぎょうさんおる。そういうやつらは必ず取って付けた上辺だけのことばっかり喋りよる。《努力は大切だ！》《自分を信じるんだ！》なんて当たり前のことを胸張って言いよる。なんでかわかるか」

　ワタルの頭が左右に振れた。

「正しいからや。受け売りの正しいことを無責任に、上から喋るのは気持ちがいいからや。いつでも、どこでも、誰にでも、同じように吠えよるねん」

ワタルはゆっくりと顔を上げた。見上げた小田は背中からまともに陽射しを受けていたので、真っ黒で身体全体が影みたいに見えた。

「失敗することは怖い。誰だって怖い。でもな、ぶつぶつ文句を並べるだけ並べて、何も動かん奴は惨めなだけや。ただ、本人はそのことにまったく気がついていない。むしろ、自分ほどよく動いている人間はいないと思っている。ちょうど使えない人間ほど自分がいちばん使える人間やと信じているのと同じや」

「そうなんですか」

ワタルは涙を拭って呼吸を落ち着かせた。

「できることを黙ってやり続ける。背伸びなんてする必要はない。ただ、自分ができることをするだけや。俺はこれだけのことをやってきた、なんて言う必要はないし、誰かに認めてもらう必要もない。

反対にクソみたいな人間ほど喋りたがる、そして認めて欲しがる。努力してきた、命かけているんだ、って感じで。そういうやつらは、自分だけのおとぎ話のなかで主人公を決め込む。筋書きはいつでも自分に都合よく書き換えられるから、いくらでも言い訳を並べよる。本当につまらん人間やで」

　小田は少し間を置いて強く言った。

「なんか知らんけど前向きになれへん、このままでは将来どうなるか怖くてたまらないっていう現実からはすぐには逃げられへん。ずっと、どうしたらええねんって、悩んできたんやろ」

「……はい……」

「答えなんてない。あるとしたら答えなんてない、っていうのが答えや」

「じゃあ、ぼくはどうしたらいいんですか」

「そのままでいい。必ずチャンスが来る」

　自分の人生であるにもかかわらず自分の力じゃどうしようもない。それが生きていくことで、この先も続いていくと小田は言った。そんな人生で、いったいいつチャンスは来るのだろうか。本当にやってくるのだろうか。

　また熱いものがこみ上げてきた。

「いまワタルが経験している苦しさはおまえ自身の運を練っているんや。人間は夢や希望で強くなるんじゃない、いくらやっても上手くいかない、なんでいつも俺はあかんねん、ていう失敗を繰り返すことでしか強くなれないんや。

上手くいくことを望むのは自然なことや。でも、実際には思い通りにはいかない、間違いなく失敗する。これでもかっていうぐらいに失敗する。そういう時には耐えるしかない」

「……耐えられないですよ、このままなんて……」

「耐えてるやん、お前はちゃんと耐えてる、せやから苦しんでいるんや、ワタル、自信持て、お前は大丈夫や」

本当に久しぶりにワタルは泣いた。もう抑えることができなかった。ただ悲しいわけではなかった。咽びながら泣いているワタルを小田はただじっと見つめていた。

「お前の苦しさはお前にしかわからん。それは授業に出たから、規則を守って生活したからって消えるもんやない。何をやっても不安なんやから受け入れるしかない。確かに難しい、でもな、ワタル、ここが踏ん張りどころやぞ」

「どうやったら小田さんみたいに強くなれるんですか」

「アホか、お前は。俺のどこが強いねん」

「だって……ぜんぜん……何も考えてないし、何も気にしてないじゃないですか」

「どういう意味やねん、お前、泣きながらメチャクチャ言うな」

小田は笑った。

「何をやっても上手くいかへんから何かに出会える。どこに行ったらええかわからんまま迷い続けるから道が見える。大丈夫や、お前は、普通や」

そう言ってくれた小田の身体越しに見える青空が近くなった気がした。ワタルは涙を拭きながら言った。

「小田さん、いまぼくと話したことを他の先生にも言うんですか」

顔を上げたワタルを小田はじっと見つめた。

「言うて欲しいんか」

ワタルはこれでもかって頭を横に振った。小田は笑ってから言った。

「言うわけないやろ。誰がわかるねん。わかった振りしかできひんやつらばっかりやろ」

小田はそう言ってから校舎に目を向けた。

「そんなやつがあそこにたくさんおるやろ」

ゴルフクラブで指し示されたのは職員室だった。やっとワタルの顔に笑みが戻ってきた。

「お前も知ってると思うけど、俺のことをどうじゃこうじゃって文句を言う連中はたくさんいる。なんでか言うたら俺が異端やからや。

先生の資格のない俺がここで働いて、好き勝手な授業をして、補習もしている。大学に行って教職課程を取って、採用試験に合格した連中からしたら癪に障るわな。あいつらは文部科学省の言うとおりに、一生懸命に正しい授業をしているわけやから。その隣で好き放題、勝手放題のことをされたら迷惑な話や。

でもな、ワタル。気に入らんかったら俺の代わりに総合の授業をやってみればいい。補習も一緒や。いくらでも代わってやる。でもそんな奴はひとりもおらん」

「小田さんの方が授業が上手いからですか」

「逆や、俺は上手くはない。ただ面白くするにはどうしたらええかはいつも考えている、それだけや。面白いからええと言うわけじゃない。ただ、教科書を使ってまじめに授業をして、やる気になる生徒なんておらん。

それにな、やる奴はやるなって言ってもやりよる。やらん奴はいくらやれと言ってもやらん。なにをどう言うてもやらん。そんな奴をなんで俺が相手にせなあかんねん。やる気があっても何をどうしていいかわからん奴に、こうしたらええって教えるのが先生やろ。ところが、先生のやること、言うことはいつも一緒や。ここでも個性は大切だって言うわりには、個性的な先生なんてひとりもおらん。

だから、俺は手を変え品を変えて、何とかしてお前らを刺激しているんや。でもこれは、やろうと思えば誰にでもできる。

受験勉強も一緒や。問題集を一冊買わせるのと、その問題集から大事な問題だけをピックアップするのとどっちが楽やと思う」

「それは買わせる方です」

「そうや。でも、それをやっても絶対に誰もやらん。間違いない。だからできるだけ範囲を限定して、必要な問題だけをピックアップしてやらなあかん。その手間をかけるかどうかや」

「他の先生はそれをしないってことですか」

「お前、職員室に行って誰でもいいから聞いてみ、小田みたいな授業をどうしてしないんですかって、そしたらきっと《俺たちは忙しいから時間がない》《小田がやっているのは授業じゃない》って言いよるから。文部科学省がどうのこうのって言いだすやつもきっとおるやろな」

小田はそう言って一回クラブを振った。先端がグラウンドに当たって土ぼこりが上がった。

「そんなやつらを相手にしても時間の無駄や」

「そんな人たちと一緒に働くのってきつくないんですか」

「きついよ」

「でも、働いているんですよね」

「うん、生きていかなあかんからな」

小田はそう言ってまたクラブを振った。

「あんまり自分を追い込むな、ワタル。こうならなあかん、こういう風にせなあかん、と思い込みすぎやぞ。

勝つか負けるか、白か黒か、ゼロか百か、みたいに二択だけで考えたら息苦しいだけやないか。何度でも失敗できるんや。だから、焦らんと、なるようになるわい、って開き直った方がええ。今は上手いこといかへん時なんやから、流れに任せた方がええ」

「でも、ずっと上手くいかなかったら」

「その時になってから考えればいいだけや。あのな、ワタル、ずっと先のこと心配してもしゃあないやろ。そんなもんは手に触れてから心配したらええねん。それには、ぴったり合う答えなんてどこにもないぞ」

「……………」

「人生を考えるということはすごい苦しいことや。本当にこれでいいのかって、いつも疑いながらも前に進んでいかなあかん。だから苦しいんや。お前はそのことがわかってる」

「……どうすればいいんですか……」

「う〜ん……飯を残さんと食べてみ」と小田は言った。

頭の中にぽっかりと穴が開いた感じがした。そんなワタルを見た小田は笑みを浮かべて続けた。

「いまのお前は八方塞がりで、何をどうしていいかわからんから、かなり苦しいはずや。裏を返したら、それだけお前は生きることを真剣に考えているってことや、だから必ずチャンスは来る、間違いない。お前は大丈夫や」

信じられるといえば嘘になる。信じられないと言ったら淋しすぎる。ゴールしない天井ビリヤード、終わることのない野栗恵美の絶叫、先が見えないらせん階段。ワタルは目をギュッと閉じて涙が出ないようにこらえた。

でも、うれしかった。ずっと言って欲しいことだった。

小田は近づいてきてもう一度ワタルに言った。

「心配するな、ワタル、お前は、絶対に大丈夫や」

顔があがった。背筋にビーンと刺激が走った。

「ありがとうございます」

ワタルがはっきりと返事をした。

三時間目が終わるチャイムが鳴った。ワタルは涙を拭った。

「それで、今は何の授業やっててん」

「現代文です」

「なんや田部さんの授業やん。さっきまで相談室で話してたんやろ、それをサボったんかいな、お前」

ワタルが頷くと小田は大声で笑い出した。

「そうか、それはおもろい。ワタル、ラーメン喰いにいこ」

小田はそう言うとタオルで汗を拭って駐車場に向かって歩いていった。ワタルはそんな小田の背中を見つめていた。やっぱりこの人は幸平の言う通りイカレタ先生で、とんでもなくメチャクチャな人だ。

7

昼食のあと、午後の授業までは掃除の時間になる。生徒たちはいくつかの班に分かれて、自分たちの教室とその日の担当場所を掃除する。ボール紙で作った丸い当番表が、食堂の奥の壁に貼ってあり、その日にどの班がどこを掃除するかが決められる。職員たちは手分けして見回りに行くが、たいがいの場合、生徒たちは何もやっていない。箒や塵取りを手にしているものの、動いているのはもっぱら口ばかりである。

「さあ、掃除、掃除」谷垣がそう言って高校二年生の教室に入ってきた。数名がわざとらしく動き出した。

「ねえ、ガッキー、次の授業は遊ぼうよ」

「遊ぶって、なにをして」

「人狼ゲームしようよ」

「何それ」

「知らないの、マジでオッサンやん」

「まだオッサンじゃねぇし」

古屋真美がまくし立てるように人狼ゲームの説明をした。だが、何を言っているのかさっぱりわからない。まるでアラビア語を聞いているようだ。掃除をサボるための口実なのか、谷垣は机を元の位置に戻した。

「ねえ、わかった」

「何が」

「ったく、ぜんぜん人の話を聞いてないじゃない」

授業を遊びにするわけにはいかない。だが、内容は遊びのようなものだ。高校二年の数学の授業が「割合の求め方」なのだから。

エスペランサの高等部では二年生になるときに進学クラスと一般クラスに分けられる。進学クラスといっても、名の通った大学を目指しているわけではない。自己推薦枠かAO入試を使って、なんとか滑り込める大学を目標にしていた。だから実際にはとても進学コースなどとは呼べるものではない。少子化に伴い、とにかく学生を確保しないといけない定員割れの、名も無き大学こそエスペランサが目指す大学だった。

もちろん、中には真剣に大学進学を目指したり、進学後のことを考えて勉強したりする生徒もいた。そんな生徒たちは小田が行っている補習に出席していた。しかし、とてもじゃないが補習だけでは一般入試に必要な学力が身につくわけがない。ただ、小田の補習がなければ、受験勉強をするチャンスそのものがまったくなくなってしまうのだ。

補習はおもに英語が中心だった。谷垣も数学の補習をしようかと考えたことはあった。だが生徒たちが受験レベルには程遠いのと、受験科目として数学を選択する生徒がいなかったので行わなかった。

そんな谷垣は正直なところ小田が羨ましかった。補習に参加している生徒たちは毎回出された課題を必ずこなし、まじめに予習もして参加している。そんな当たり前の生徒がいる教壇に立ってみたいと思っていた。

生徒の中には有名進学校に合格したものの、その校風に馴染めずにやってきたものもいる。当たり前だが、そうした生徒はかなり勉強ができる。そんな彼らにとってこの授業は恐ろしいほどレベルの低いものだった。

何年もの塾通いの末にようやく勝ち取った有名校の合格。やっと一息つけるはずの春休みなのに、いきなり山盛りの課題を与えられて、休みどころではなくなる。

新学期が始まったらすぐにクラス分けテストが行われる。本格的に授業が始まると、学校からの課題はさらに増えて、受験生だった頃より勉強漬けの生活が続く。その上、成績が下がると下のクラスに落ちる。担任からは注意され、ひどい時には親まで呼び出される。その子の性格や長所など関係ない。入学した以上は学校の進学実績を上げるための駒でしかない。それが進学校だ。

そんな学校生活が卒業まで続いていく、中高一貫校だと六年間も続くわけだ。理由がどうであれ、せっかく合格した有名校を退学する決心はすぐにつくはずもない。けれども、授業にも、そして学校にもついていけない。そんな生徒に、進学校は救いの手を差し伸ばすことはない。残る道は不登校になるしかない。

そういった生徒は病的なほど学校というシステムに背を向けている。何をしても怒られるのではないかと極端に怯え、授業に対しての拒絶感がすさまじく大きい。

上川にしてみれば、有名進学校からやってきた生徒がそこそこの高校や大学に進学してくれたら、エスペランサの名が上がると期待するのは当然なことだった。進学コースを設けたのも、不登校でも大学進学できることを少しでも売りにしたい意図があったからだ。けれども、彼らは大学どころか進学すら危うかった。それぐらいに傷は深かった。

教室の掃除が終わる頃に校内放送で谷垣が呼ばれた。最後の整理整頓を生徒たちに任せて校長室に向かった。

入ると上川と堂林がいた。谷垣はソファに座るように勧められた。

「実はね……」

話はワタルのことだった。

両親との話し合いのあと自宅謹慎となり、その後、学校に戻ってきてから、ワタルはいつものワタルに戻っていた。ただし、相変わらず授業や活動には参加していない。

「このままじゃダメだと思うんだよ、谷垣君」堂林からだった。

授業などに出ていないことを言っているのだと谷垣は思った。しかし、二人が言ったのは集会でのことだった。

「他の生徒の手前、まったくお咎めがないのも変な話だからね」

お咎めという言葉に耳を疑った。

たしかにあの状況を考えたら上川が受けた侮辱は相当なものだったろう。でも、あの後すぐに本人を呼んで、堂林と一緒にかなり厳しく注意し、その後両親も呼んで話をして、自宅謹慎までさせた。そして、なぜかわからないが、今でもワタルだけ別室で食事をとらせている。このうえまだ何をするというのか。

「何かしらの罰を与えるということですか」

谷垣の言葉に二人は顔を見合わせた。どうやらその気らしい。

「どんな罰を与えるんですか」

罰という言葉に上川が反応した。

「罰というと、なんとなく嫌なイメージがするんだけれど、やっぱり、集団の中でやってはいけないことがあると理解してもらわないといけない。だから全生徒に説明しないといけないと思うんだよ」

「そこで、まずは小林君にはみんなの前で謝罪してもらおうと思う。校長先生とみんなに対して嫌な思いをさせて申し訳なかったと彼の口から言ってもらいたいんだ」

「全生徒を集めて、その場でワタルに謝罪させようということですか」

「そうなんだ」

「それで、まずは担任の谷垣君の方から小林君にその主旨を伝えてもらって納得させて欲しいんだ」

「谷垣君は考え方がわれわれとは違うから、なかなか同意できないとは思うが、ここはチームとして協力していただきたい。いいかね」と上川が言った。

嫌味な言い方だった。こういう言い方をしたら、下の人間がどう思うかわからないのだろうか。立場的に弱い者への話のもっていき方として最低だ。おそらくは反対できないように言い回してきたんだろう。

第一、考え方が違うわけじゃなく、ワタルを救うための意見を述べて、よりよい手段方法を考えているだけではないか。谷垣はよほど言い返そうかと思ったが止めておいた。言ったところで二人の了見とかみ合うわけがない。

「ワタルが断ったらどうするんですか」

その言葉が二人を驚かせた。どうやらワタルが断るなどという選択肢はないと考えていたようだ。

「断るって、あんなことをしたのに何の反省もさせないのかい」

「いいえ、そういう意味ではなく。みんなの前で校長先生に謝罪しなさいって言って、彼が嫌だといったらどうするんですか」

「そうならないように説得して欲しいと言っとるんだ」

上川はもうムッとしていた。

全校生徒の前でワタルに謝罪させる。そんなやり方があるだろうか。そのこと以上にこの学校の校長と教頭の二人が話し合って決めたことが、この程度のレベルだったことに、谷垣はあきれ返って言葉を失った。要するにワタルの指導とは名ばかりで、自分たちの面子を守るためのセレモニーではないか。

「ここに来て直接謝ることではだめなんですか」努めて谷垣はゆっくりと言った。百歩譲った上での意見だった。

「それじゃあ、全生徒に伝わらないだろう。さっきも言ったように、みんなの前で校長先生を罵倒したわけだから、みんなの前で言ってもらわないと」

「もちろん、謝罪してもらったあとで、わたしの方から説明します。これを機会にもう一度小林君を仲間として迎え入れて、みんなで一緒に頑張っていこうと話をして、団結というか、結束を図るつもりでいるんだよ」

今度は打って変わって、上川は満足そうに言った。

やはり、自分たちの意見が絶対で、反対意見に耳を貸すつもりはないようだ。ここでこれ以上ねばるのは得策ではないと感じた谷垣は、取りあえずわかりましたと返事をした。

「じゃあ、話がついたら教えてください」

「できるだけ早く頼むね、谷垣君が小林君と話をしたあとに日時を決めるから。期間をあけても意味がなくなってしまうからね」

職員室に戻った谷垣は机に座ったとたんにどっと疲れが湧いてきた。横にいた岩木の視線を十分に感じたが目を合わさずにいた。

つまるところ、この程度の学校なのだ。なんで俺はあんな奴らの下で働いているんだろうか。この先ずっと我慢しなければならないのか。

予鈴が鳴ったので準備していた数学のプリントを取り出した。原価二千円の品物に二割五分の利益を見込んで定価をつけたらいくらですか。表紙にアンパンマンが描かれている教材からコピーした問題だった。これが高校二年の数学なのだ。谷垣はすべてシュレッダーにかけた。そして放送で古屋真美を呼んだ。

「なに、ガッキー」

「人狼ゲームって何人でできるの」

「何人でもできるよ、面白いのは十人前後だと思う」

「カードでするのか」

「うん、でもスマホでもできるよ……なんで、次の時間やってくれるの」

「ああ、やろう」

古屋真美は飛び上がって喜んだ。数名の職員が彼女の金切り声に顔をあげた。

谷垣が授業を潰して人狼ゲームをするという。今までなかったことだ。もちろん、彼は堅苦しい授業ばかりをしているわけじゃない。むしろその逆で、毎回いろんな方法でわかりやすい授業を心がけているのをみんなが知っている。その谷垣が授業の代わりに人狼ゲームをしようと言い出したのだ。そんなことをするのは小田ぐらいしかいない。耳にした職員たちは、たまにはいいか、と思うか、どうしたんだと思うか。間違いなく後者である。

授業は学習する時間でないといけない、特に、ここの生徒たちは学習面でかなり遅れているので、できるだけ早く遅れを取り戻さないといけない。少なくとも、それはエスペランサの暗黙の掟だった。みんなの意識が谷垣に迫っていた。岩木の説明を欲しがっている視線が背中に刺さってくる。谷垣は黙ってスマホを持って教室に行った。

人狼ゲームに参加したものの、谷垣にはその面白さがまったくわからなかった。とりあえず黒板を使って、線分図や面積図を書いて問題を教えていくよりもマシではあった。

ワタルを説得できる自信はない。ただ、話はしないといけない。説得できても、できなくても上川らは全校集会を開くだろう。そこでワタルに謝罪を迫るだろう。谷垣が心配したのはそのときにまたワタルが何かをしでかすのではないか、しかも前回以上の行動をとるのではないか、という危惧だった。たとえその場は収まったとしても、それ以降のワタルに大きな悪影響を与えるのは間違いないだろう。

授業にも出ずに、学校にも職員にも背を向けて、いま以上に無駄に日々を過ごす。

そうなれば遅かれ早かれ、また両親を呼び出して事情を話して、今度こそ停学レベルの処分を下すことになるだろう。すると家でも親から注意される。それが嫌だから部屋に引きこもる。そのことが両親をさらに怒らせる。ワタルの父親なら手を上げる時もあるかもしれない。

『刺すぞ』というワタルの声が谷垣の中に蘇ってきた。まさかそんなことにはならないだろうと言い聞かせるものの、いったん浮かんだイメージは気持ちとは裏腹に、頭の中でどんどん色彩を持ったリアルな絵になっていった。その絵の中心にいる血まみれのワタルが動き出して、絶叫と悲鳴が聞こえてくる。

水浴びをした後の犬のように谷垣は頭を振った。ゲームに夢中だった生徒たちの手が止まった。

「どうしたの、ガッキー」

「えっ、いや……なんでもない」

生徒たちは不思議そうな顔つきになったものの、また人狼ゲームにのめり込んでいった。

谷垣が思い浮かべた未来は誰が聞いてもまさかと一笑に付すだろう。けれども、そう思えば思うほど、彼の頭に浮かんだ絵の中で、朱色のワタルはその動きを止めることはなかった。

テレビや雑誌で報道されるような凄惨な事件になるケースは、ワタルと似たような経緯を辿っているのではないか。ならば、万が一のために上川らにその可能性を話しておくべきじゃないのか。たとえ馬鹿にされたとしても、ちゃんと話をしてワタルに全校生徒の前で謝罪させることは反対だ、という意見は言うべきじゃないのか。

とはいうものの、相手は校長と教頭なんだから、一教師である自分が面と向かって思い浮かべたイメージを語り、反対するなんて簡単にできるものじゃない。それにあの二人が折れて、こちらの話を聞くとは思えない。常に自分たちの座標軸が絶対なのだ。すると彼らが言うようにワタルに謝罪させるしかないのだろう。

世の中ってそんなもんだと言えばそれまでだ。多くの人々が煮え切らないまま、権力に跪いて生きている。嫌なら辞めればいい。辞めても次の仕事はすぐに見つからない。教師しか経験のない自分は他に何ができるわけでもない。再び公立学校の教員に戻るのはごめんだ。ならばここで我慢するしかない。我慢するということは上川たちの言うことをきくことだ。負け犬のようにいつも腹を見せて、服従のポーズを取り続けることだ。

そう言い聞かせればするほど気持ちが乾き、心が離れていく。何が不登校支援だ、考えているのはてめえのことだけじゃないか、お前らは卑怯で卑屈で最低の教師だ。いまから校長室に乗り込んで上川の前で……なんて、できるはずもない。

しかし、どうしてあんな考え方ができるんだろうか。

集会の一件のあと、ワタルを呼び出して注意はしたし、親も呼び出して、自宅謹慎もさせたはずだ。その上に全校生徒の前でまた謝罪させるのである。俺たちに逆らうとこうなるんだとワタルを見せしめにするのと変わりない。いつから上川はそんな人間になったのだろう。

以前に小田がテレビのモニタリングをヒントに職員を含めたみんなを担いだことがあった。それは小田が宝くじに当たったという設定にして、しばらく過ごすというものだった。その間に誰がどんな行動をするかを観察するという、ある意味では性質の悪いドッキリだった。

小田は一部の生徒と谷垣、そして事務の須藤幸子というベテラン職員にだけ仕掛けを打ち明け、それ以外には誰にも知らせなかった。そして、小田の口からは宝くじについて一切何も言わなかった。何かの拍子にちょっと話題にする程度から始めて、モニタリングを行ったのだ。

ところが、小田が宝くじに当たった噂は想像以上に一気に広まった。

まず何も知らない生徒たちが小田のところに集まり、いくら当たったのか、おごってくれなどと言い寄ってきた。もちろん、小田は一切相手にしなかった。さらに小田は突然スーツを着て出勤したり、みんながいる前で銀行からの電話を受ける振りをしてみたりと、役者ぶりを発揮すると、ますます噂は真実味を帯びてきた。

しかし、一週間もたつと、生徒たちの熱は冷めていった。まあ、この程度なのかと思っていたところ、生徒よりも職員らの執着の方が予想外に大きかった。とくに上川が一番すごかった。

小田と顔を合わすたびに執拗にいくら当たったのかと聞いてくる。そのねちっこさに谷垣の方がこのままでは厄介なことになるのでは、と危惧したぐらいだった。

その後も上川は目の色を変えて小田に迫っていった。どうやら億単位の賞金を小田が手に入れたと思い込み、フリースクール時代から働いてるのだから、一部は学校に還元するのは当然だと考えている様子だった。

新しいパソコンとリモート設備を充実させる、厨房をより使いやすくする、職員室の空調を整備するなど、まるで自分が当たったかのように上川は計画し始めていた。そして貴志川や田部、堂林でさえも、遠回しに寄付するべきだと小田に言ってきた。

しかし、小田はひょうひょうとして話をはぐらかせていた。その態度に上川はいらだち始めていた。だが、仮に宝くじが当たった話が本当であったにしても、当たったのは小田であって上川ではない。それなのに金の使い道を勝手に決めて、話に乗ってこない小田に腹を立てるなど、お門違いも甚だしい。けれども上川にはそんな考えは微塵もなかった。

その当時、週に一、二回ほどレポートをだせば高校卒業が認めてもらえる、通信制高校やサポート校などが注目され出した時期だった。そんな学校は、望めば在宅のまま利用することも可能だったうえに、全寮制のエスペランサに比べたら学費もはるかに安い。

学校としての内容はエスペランサの方がまともであったが、安くて便利な方に人が流れるのは自然なことだった。そのために上川自身も焦っていたのは間違いない。だからと言って、他人の金を当てにするのは別問題である。

いつまでも小田に言い寄り続けるその姿は、まるで小銭をせびる浮浪者のようでもあった。にやにやとわざとらしい笑みを浮かべて、毎日のように小田に近づくのである。事務の須藤はそんな上川を見て、気持ち悪くて人として最低だと見下した。逆に谷垣はこれ以上引き延ばすのはやりすぎではないかと思ったほどだった。

しばらくしてから小田は宝くじなど買ってもいないし、当たってなどないと職員会議で言った。もちろん裏で仕掛けた内容は黙っていた。

上川が憤慨したのは言うまでもない。そんな根も葉もない話をでっち上げて人の弱みに付け込むのは人間として最低だと怒った。そして自分が寄付をお願いしたのは経営者として、ここの教育環境の向上のためであって、私利私欲ではないと叫んだ。

それに対して小田は「宝くじが当たったなんてぼくは一言も言ってませんし、勝手に噂を信じて付きまとってきたのは校長の方でしょう。もしもぼくが当たっていたとして、何日も付きまとって寄付を迫ってくる方がおかしいんじゃないですか。経営者ならそんなことをしてもいいんですか。従業員の幸運に付け込んできたそっちこそ人として最低なんじゃないですか」とみんなの前で平然と言い返したのだった。上川は真っ赤な顔をして黙り込んだ。

事実、最後まで小田は宝くじについてはいっさい何も言わなかった。すべては噂を勝手に信じて周りが騒ぎだしただけである。お世辞にもそのモニタリングは品の良いものではなかった。ただ、お金に執着する人の姿を軽い笑い話にするはずだった。上川がここまで執着するとは誰も思ってもいなかっただけである。

谷垣は最後まで何も言わなかった小田の度胸に驚くと同時に、上川の癖の悪さというか卑しさを目の当たりにしたのだった。最初は経営者として苦しい懐事情のためだと思っていたけれど、今となっては上川のそんな性格も理解できる。

谷垣は改めて小田という職員を思い浮かべた。

四六時中ゴルフのことばかり考えて、片手間で仕事をしているとしか思えない。職員会議でも意見を言う方じゃない。フリースクール時代はいろんな企画を出していたらしいが、今では何も言わずただ参加しているだけだ。しかし、彼の授業はとても面白いし、補習もすこぶる評判がいい。

今日の話を聞いたら小田ならなんと言うだろうか。

「ねえ、ガッキーの番だよ」

古屋真美の声で我に返った。いつの間にか人狼ゲームが別のゲームに変わっていた。

エスペランサのグラウンドを越えて道沿いに歩いていくと、四、五軒の町営住宅が並んでいる。みな一戸建てで、かなり古い平屋である。小さな子どもを抱えた若夫婦が住むには向いていないが、年金暮らしの老夫婦がひっそりと暮らしていくぶんには悪くはない。築数十年は経っているが、家としてはまだどうにかこうにか機能している。

その並びの一軒に小田は住んでいた。教員住宅としてエスペランサが借り上げているので、家賃はひと月わずか五千円だった。給料がいいわけじゃないので、ありがたい値段だった。

その代わりに不便さは大いにあった。閉まらない雨戸、すぐに生えてくる雑草、夏場ともなればいろんな虫が集まってくる。また、市街地からも遠いために何をするにしても車で半時間は走らないといけない。ゴルフ練習場はそのさらに遠くにある。

谷垣が一升瓶の芋焼酎をもって小田の家にやってきたのは午後六時過ぎだった。

「汚いところやからスリッパはいて」

「失礼します」

間取りは2DKで八畳間が二つ並んであった。二つの部屋を仕切ってあった障子は取り外され、奥の部屋にはシングルベッドがあった。枕元には小さなテーブルとスタンドが置いてあった。それ以外には大きなものはなく、部屋は意外に整頓されていた。ただ、壁は薄汚れていて、ところどころに埃がかなり溜まっていた。まあ、男の一人所帯ではしかたがない。

入るとすでに大皿料理がテーブルにずらりと並んでいた。

「これ全部小田さんが作ったんですか」

「そうや、大したことはないで」

「すごいっすね」

谷垣は手土産に持ってきた一升瓶を渡して食卓を見回した。豆腐の味噌田楽、大豆が入ったツナサラダ、野菜や大葉を巻いた豚肉の揚げ物、いわしの煮物、焼きおにぎり、そして大なべのおでんがコンロで温められている。やはり元板前の腕はすごい。

壁側には幾つもの整理棚が並んであった。そこには大量の書籍が並んでいた。おそらく数百冊はあるだろう。文庫本や単行本、中には哲学書や科学雑誌まであった。さらには付箋が貼られてあるノートも数十冊は並んでいた。

「すべて読んだんですか」

「うん」

そっけない返事と大量の書籍。そのアンバランスに谷垣は言葉を失った。

以前に、小田がもの凄く勉強している、という話を耳にしたことがあった。だが、信用していなかった。どちらかというと小田は感覚派の人間で、物事を緻密に順序だてて考える方ではなく、その場の思いつきでこなしていくタイプだと思っていたからだ。

誰も考え付かないような面白い授業の裏側には、こういう秘密があったのかと感心する一方で、ほとんど勉強していない自分のことを反省した。確かにエスペランサにいるときはいろんなことに追われて汗をかいている。だが、一歩はなれると仕事のことは考えないし、キャリアアップや見聞を広めるための自己投資的なことは何もしていない。

「まあ、とりあえず食べよか」小田の一言で宴は始まった。

「はい、いただきます」

上川らに呼び出されてワタルに謝罪させる話を聞いた日、放課後に谷垣は飲みにいきませんかと小田を誘った。そのとき小田は一瞬だけ間をあけて「話があるんやな」と言った。

「はい」返事が重くなった。

「そしたら明日うちにおいで、一杯やってめしでも喰おう」

「はい」

「帰りはどうする」

「迎えに来てもらいます」

「彼女にか」

「はい」

「一緒に食べてもらってもええで、汚い家やけど」

「いえ、それは……」

中途半端な返事に小田はそれ以上何も言わなかった。そして時間だけ伝えた。

小田は焼酎を飲み、谷垣はビールを飲んだ。多めに作ってあった料理をつまみながらＷＯＷＯＷでスペインサッカーを観た。ちょうどクラシコの再放送が流れていて、谷垣は久しぶりにヨーロッパサッカーを楽しんだ。

食事がひと段落つくと、小田は谷垣に熱い玄米茶を入れた。そして残ったおかずをパックに詰め、スーパーの袋に入れて渡した。

「残りもんで悪いけど、彼女にあげて」

「すいません、ありがとうございます」

小田はマグカップにインスタントコーヒーをつくって椅子に座った。そしてテレビを消した。

「まずや、ここでの話はオフレコでいこ、言いたいことを言うて、俺の方も思ったことを話すから」

「はい」

「あと、腹が立っても冷静でいこ、お互いに」

「はい、ありがとうございます」

一息ついてから谷垣は語りだした。

ワタルがブースに引き込もり出した頃から、上川や堂林のやり方に不信感に近いものを感じていること。谷垣自身が不登校支援という仕事の現実と理想の差に苛まれていて、果たしてエスペランサのやり方が正しいのかどうかわからなくなっていること。近いうちに全校生徒の前でワタルに謝罪させると上川たちから言われたこと。その提案をどうしたらいいか悩んでいること。などなど、出された玄米茶が冷めてしまうまで、谷垣は一気に話し続けた。

秋が深まり始めたこの時期はカメムシが多く発生する。むかしからカメムシが多い年は大雪になるといわれているが、それが正しいかどうかはわからない。今年は秋になっても気温が高い時期が長かったので大量のカメムシが発生した。外に留まってくれているならまだいいのだが、中には換気扇や網戸の隙間から入ってくるものもいる。特に、田舎の古い平屋なので、まるで馴染み客が赤ちょうちんの暖簾をくぐるみたいにどんどん入ってくる。

話している間に小田はガムテープを使って二匹ほど捕まえた。へたに殺してしまうと強烈な臭いがするから注意しないといけない。谷垣にとっては真剣に話している前でカメムシを追いかけられると、ムッとしないわけではなかった。

「まあ、そう怒るな、大変なんや、こいつら、放っておいたらどんどん増えよるねん」

「いえ」

虚を突かれた谷垣は顔の筋肉がつりあがった。

「それで」

「なんて言うか……こんなこと、今のぼくに相談できるのは小田さんしかいないし、でも……正直言って小田さんって……」

そこまで言って谷垣は押し黙った。

フリースクール時代からエスペランサで働いてきたベテランで、自分の親に近い年齢の小田にケチをつけるのはかなりの勇気が必要だった。なんと思われてもかまわないと肝が据わっているわけじゃない。

小田はマグカップを口に運んでから言った。

「わしみたいにちゃらんぽらんで、適当に仕事している人間に話をしても意味ないんとちゃうか、ってか」小田はそう言って笑った。

「いえ……その……はい……」

「なんやそれ、まあええわ」

小田は少し姿勢を正して谷垣を正面に見据えた。

「これは百パー俺の意見やで」

小田はそう前置きして話し出した。

「一言で言うと、魅力がないねん、先生に。先生なんて、ただ先に生まれただけの人間なんや。だから生徒からしたら魅力がない、ぜんぜん。お前も……俺も……校長も……堂林も。そんな奴がいくら講釈たれても誰もきかんやろ。『ああ～また始まった、はよ終わらんかな～』と思うだけや」

「でも……」

「まあ、話は最後まで聞けや、やっかいなのはそんな先生が自信過剰になっていることや、俺たちは生徒のためにこんなに頑張ってるねんって胸を張ってることや。もっと言えば、自分の力で子どもを何とかして一人前にしてやるぞ、っていう情熱に自己陶酔しているだけなのに気がついてない。

とくに上の連中は教師として長年活躍してきて、いろんな経験をしてきたわな。その上どこの学校でも手を焼いて、お荷物になってる不登校生を引き取って、面倒をみているわけやから、普通の学校よりもエスペランサの方が格上やと思ってる。

そこで止まったらまだええにゃけど、世間からもそういう風に思われるべきだと思い込んでいる。なぜなら、不登校生の面倒を見てやっている、と考えているからや。指導している、じゃない、指導してやっている、と考えているんや。無意識のあいだにどんどん傲慢になっている。

しかし、本人らにはその自覚はまったくない、むしろ自分たちほど謙虚で腰の低い人間はいない、こんなにも丁寧な指導をできるのは自分たちしかいない、だからもっと学校として、教員として評価されて当然だ、と思ってる。それが上川や堂林らウチの上の連中や」

いつになく小田は真剣だった。

「小田さんは先生が嫌いなんですか」

「先生か……大っ嫌い……」

「じゃあどうしてエスペランサで働いているんですか」

「金のためや」

小田は自信満々だった。その微動だにしない答えっぷりに、谷垣の方が逆に気後れしてしまった。

「そこまで割り切れるものなんですか」

「割り切る必要なんてない。エスペランサが俺という人間を必要なら雇えばいいし、いらんかったらクビにしたらええ。それだけのことや。もっともクビにされたらマジで困るけどな」

生徒のために汗をかく。ただそれだけのために教師は存在する。一言で言えばそれが谷垣の求める教師像だった。卒業を迎えたときに『ああ、この先生に会えてよかった』と思われない教師は失格だと思っている。なぜなら相手は電化製品でも不動産でもない、これから社会に漕ぎ出そうという船出の若人なのだ。そんな彼らを励まし、叱り、身を挺して守ってやる、それが教師であるはずだ。

もちろん教師だって生活者である。それでも生徒と自分を天秤にかけたら、生徒が重くなければならない。何よりも生徒の喜びを自分の喜びとする、その気持ちがなければならない。それが谷垣の目指している教師だった。

「不満やろ」

小田がにやっと笑った。

「……」

「お前は金のために教壇に立ち続けることはできないやろ」

「ええ、そんなことはするつもりはありません」谷垣ははっきりと答えた。

「ただな、良い悪いの問題じゃなくて、この学校では俺は自分ができることをするだけのことや」

「それでも教員が生徒のことを第一に考えないのは間違っていると思います」

　小田は大きくうなずいて見せた。

　エスペランサに来て五年、谷垣は多くの生徒と接してきた。その中で入学当初から面倒を見てきた小林ワタルは特別な生徒だった。だからこそ、救ってやりたかった。話をしているうちに、谷垣はますます熱くなってきた。

「それや、いまお前はワタルを何とかしてやろうと必死やわな。その情熱は見ていて凄いと俺も思う。しかし、その情熱がそのままワタルのためになってるかどうかは別問題やろ」

「でも、ぼくとしては何とかして……」

「上手くいっているか？」

　痛いところを突かれた谷垣は自然と下を向いた。

「俺が見てる限り、ワタルは、お前のことをいちばん信用しとる。これは教師にとって素直に喜べることや。だからこそ、そこまで信用してくれているワタルをなんともできない現実はお前も苦しいやろ。しかしな、大好きな谷垣先生がこんなに考えてくれているのに、それに応えられないワタルはお前以上に苦しいはずやで」

小田は再び焼酎をロックで飲み始めた。

「善い悪いを言ってるんじゃないぞ、熱い気持ちは確かに大切やけど、その気持ちが伝わらない、伝わってても予想通りにはいかないことがあると自覚せんとあかん、ってことや」

谷垣は俯いて気持ちを落ち着かせた。その通りである。だが、正直なところ癪に障った。

「でも、小田さん、ぼくら教員にそういう気持ちがなかったら、やってられないじゃないですか。みんな生徒のために毎日働いているんですよ。意味がないと思っていたら何のためにここで働いているんですか」

「その気持ちは大切やと思うで、俺が言うてるのは、その情熱がプラスに働かない、時にはマイナスなることがあるってことや」

「……………」

気が付くと谷垣は小田を睨んでいた。小田は特に気にする素振りはなく続けた。

「ジャガイモの話をしていた上川を見てみいな。あれなんや。あの人も不登校生を救おうという情熱は人一倍持っている。しかし校長という立場、つまりリーダーには向いてない。なぜなら自分の描いた絵だけに執着するからや。執着するだけやったらまだましやけど、その絵を見た人の反応までも自分で決め付けている。だから、違う反応をする人が許せないわけや」

　小田はごくりと焼酎を飲んだ。

「似てるで、今のお前と」

　谷垣の顔がピンッと上がった。その言葉は今の彼にとって屈辱だった。

「どういう意味ですか、それ」

「気持ちが先行している、だから視野が狭くなっとる」

「そんなことは……」

　小田は谷垣を遮って言った。

「一生懸命に生徒の対応しているのは間違いない。その姿勢はすごいと思う。けれども熱に煽られて、上手くいくはずだという予想が先走っている」

「でも上手くいくと思って取り組むべきでしょう」

「まあ、落ち着け。最初にエスペランサに来た時と今とでは気持ちがだいぶ違うやろ」

　小田はにんまりとして言った。まるで谷垣の心のうちをすべて見通しているかのような余裕があった。

谷垣が初めてエスペランサにボランティアとして参加したとき、ある女生徒が『わたしは将来ここで働きたい』と言った。その言葉を聞いたとき、本物の学校だと思った。そしてそんな生徒を持つ上川が羨ましかったし、教師としてあこがれもした。

だが、この五年間でそんな上川への気持ちは完全に冷めてしまった。反対意見に露骨に腹を立てる、すぐに経営者としての立場を持ち出して自分の意見を押し通す。主張がすんなり通らないと不愉快な顔つきをする。意見があればどんどん言ってくださいとは言うものの、いつも自分の考えで話をまとめ、仲間連中もそれに黙って従う。

そんなことならわざわざ職員会議などする必要などないじゃないか、と岩木を始め若手らと話したのは一度や二度ではない。だから、エスペランサの問題点と改善案を書面にして上川に出したこともある。しかし、それが職員会議の話題に上がったことはない。みんなでしっかりと検討しましょう、というものの検討されたこともない。

「確かに組織の長やから、あの人にはエスペランサを維持していかなあかん責任がある。だからある程度は自分で決定して舵を切らなあかん。それに三十年以上も教師として生きてきたわけやから、現場で叩き込まれた自信があるのもわかる。

でもリーダーはそれだけではあかん。耳の痛いことでも聴かなあかんし、何より一歩ひいて部下を立てる術を知らんとあかん。そういうことができるからこそ、尊敬され、カリスマが生まれる。そこがない。

　にもかかわらず、自分はどんな意見にも耳を貸すし、一歩も二歩も引くことができるって考えてる。あれでも、反対意見を聴いているつもりなんや」

「本当なんですか」思わず谷垣の声が大きくなった。

「間違いない。ああいうタイプは自分にない才能を持っている仲間や部下に恐ろしいまでに嫉妬する。器が小さいから、いつも先頭に立っていないと気が済まない。余裕と自信がないから、自分がいなくてもエスペランサが上手く機能することが怖くてたまらんのや。だから自分の正義だけにしがみ付いている。むかし、お前が岩木やらと一緒に提案した案についてもお蔵入りのまんまやろ」

「はい」

　ロックグラスに入ったかち割り氷が割れる音がした。

「たった一つの正義しか持ってない人間がトップになると必ずイエスマンが集まってくる。そんな組織は一枚岩に見えるけど伸び代がない。だから毎年、同じことを繰り返しているだけや。

　年度初めになったら、お題目のように、今年度のエスペランサは授業で勝負する、エスペランサの教育を世の中に訴えるって言うけれど、具体的にどんな授業をして、どんな教育的活動をするのか、職員全員で吟味したことは一度もない。だから毎年同じようにダラダラのまんま一年が過ぎる。

不登校を相手にしている全寮制の学校が少ないから生徒はそこそこ集まるやろ。しかし、実際にエスペランサに入学したところで、勉強ができるようになるわけでもない。何かの技術が身につくわけでもない。外部と接触も少ないから社会経験もほとんどない。こんな田舎やからアルバイトもできない。結局は三年間ここにおって、ゲームして、卒業証書もらうだけやん。そら学費が安いサポート校に行くで」

心を育てるとか、個性を伸ばすとか、社会を支える人材になるとか、取って付けただけの薄っぺらいフレーズとは比べ物にならない。それほど小田の言うことに谷垣は納得できた。裏を返せば、上川の世間が狭いということだ。上川が、というよりも教員が、といった方が正しいだろう。だから新しいことが何もできない。おそらく谷垣自身もそのなかに入る。正直言ってその自覚はあった。

「それでもぼくらが諦めたら終わってしまうじゃないですか」

「誰も諦めるなんて言うてへんやん」

「じゃあ、小田さんはどうして今のエスペランサを変えようとしないんですか」

「無理やで」

「それって諦めていることじゃないんですか」

谷垣はグラスに入っていたお茶を飲み干した。

「ゼロからエスペランサを立ち上げたのは上川さんや。その自負があるから余計に俺が、俺がになって前に出てしまう。それが圧力になって誰も何も言わんようになっている。

エスペランサでは、すべてに自分の息がかかってないと許せない。なんでなら、さっき言った通り、自分が思いつかない優れたアイデアや企画を採用するだけの懐の深さがないからや。だから何でも自分が決めないと気がすまない。そんな状態をいきなり変えるのは不可能や。

でも、この前の職員会議ではよう言えたと思うで。お前と岩木が正面から反対したやろ、ああいうことが大切なんや、根性いるけどな。他の奴は言えないから」

「なんでですか」

「覚悟がないからや」

その意見はわかるが、小田から言われると素直に頷けなかった。むしろそんな気持ちがないのは暇を見つけては素振りばかりしている小田の方ではないのか。

「小田さんはよく素振りをしてますよね」

「うん」

「それは……どうなんですか。言いにくいですけど、仕事中じゃないですか」

「俺も覚悟はないからや」

こうもすんなりと言われたら返す言葉がなかった。

「責任を取るというか、俺が立つべき場所は別や」

「どこなんですか」

「総合と補習や」

「それ以外は関係ないってことですか」

「うん」

どういう人なんだ、このオッサンは。そんな気持ちで何ができるというのか。

確かに小田の授業は面白い。それはみんなが認めていることだ。しかし、その面白さは個人的な感性とテクニック的なものであって、アクション映画と同じであぁ面白かったで終わってしまうものだ。

「じゃあ、小田さんは総合や補習を通して生徒たちを育てようとか、彼らの興味を広げてやろうと思わないのですか」

「うん」

谷垣は絶句した。そんな谷垣をしっかりと見てから小田が言った。

「あいつらが一人前に育つかどうか、俺は知らん。俺ができることは担当している時間内で、どれだけあいつらが面白いって感じてくれるかどうかだけや。それから先はあいつらの問題や。ラストパスは出すけれどシュートを決めるのはあいつらや、俺には関係ない」

小田の自信満々の話しぶりに谷垣は言葉を失った。

授業を通していろんな意味で生徒を刺激して、興味の枠を広げ、なにかしら人生のヒントになる。少しでもそんなものになってくれればという願いはないということか。ただ与えられた時間を面白おかしく過ごすだけで良いということなのか。

「そんなものなんですか、小田さんの気持ちって」

「がっかりしたか」

「はい」

谷垣ははっきり言った。小田がまたにやりと笑った。

「いま、お前が感じている俺に対する怒りや幻滅は、仮にもエスペランサで不登校生と向き合っている立場にいる以上は、もっと前向きになって一人ひとりの生徒に関わっていくべきなのに、自分の立ち位置を勝手に決めて、その他のことは知らんという、そんな無責任な気持ちではエスペランサで働く資格がない、ってことやろ」

谷垣は返事に窮した。まさにその通りだったからだ。

教師のことを魅力がない、世間が狭い、と小田は言うが、教師には教師独自の世界がある。言うなれば聖域みたいなものだ。中でも生徒への気持ちが一番大切だと谷垣は考えていたし、その考えは変わらない。だから生徒に対する小田の軽さが気に食わないのである。

だが、そんな心中を見事に言い当てられて不思議な気持ちになった。

「その通りや、でもな、そんな先生が不登校を作ってきたんとちゃうんか」

谷垣はぐっと口元に力が入った。

「どういうことですか」

小田はゆっくりと話し出した。

「ひと昔前までは、右向け右、左向け左で、何でもかんでも先生の言うことを聞く、そういう生徒が良い生徒やった。逆から言えば先生の言うことを聞かん生徒は良くない、つまり悪い生徒ってことや。

まあ、世の中全体が右肩上がりでイケイケの時代やったから、仕方がないといえばそれまでやけど。ともかく無条件に学校は正しかったし、先生も正しかった。親もそういう眼で見ていた。誰も疑うことをしなかった。とにかく、親や先生の言うことを聞いて、みんなと一緒になって、同じ方向をむいて、同じように考えて、同じように動くことが大切やった。それができない子どもは問答無用で悪やった」

小田は続けた。

高度成長という時代がバブルとともに終わって、個人がそれぞれの生き方を模索するようになった。まもなく既成の生き方を否定する若者が現れた。彼らは自由を謳い、自分の可能性を模索し、自分探しを始めた。やがて自己の存在価値に突き当たり、目の前の現実を否定して、まだ知らない本当の自分を追いかけ始めた。

当然、子どもたちも変わっていった。

いろんな生き方があることを知ったことによって、充実と達成への憧れだけが一人歩きし始めた。失敗をしたこともなく、人生の経験値も少ないまま、ピンポイントで成功にたどり着ける手段を求めるわけだから上手くいくはずがない。すると、なぜ思う通りにいかないのかと現実を否定するようになった。

「お前みたいに先生になりたいっていう目標に出会えたらええで。でも、ほとんどの子どもが自分の可能性が理解できないと迷いだした。迷うだけで決められない。

でもな、考えたら当たり前のことやろ。小さいころから、言うことを聞けと言われて、自分で考える前に答えを突き付けられてきた子どもに想像力など持てるわけがない。失敗を恐れ、他人の目を気にして、最初の一歩を踏み出せない。だから、いつまで経っても自分が何に向いているのか、やりたいことがわからないと悩み続けて、夢や個性といった言葉にもてあそばれる。

せやけどな、本当の自分なんているはずがないし、何が自分に向いているかなんて、経験のない十代でわかるはずがない。だから真剣に考える奴ほどドツボにはまる」

真面目な子どもほど正解を求め続けた。でも正解などあるはずがない。なぜなら自分で決断して動き出さない限り何も見えてこないからだ。にもかかわらず、安全で確実に成功に導いてくれる道ばかり考えてるだけで、まったく行動に移さないから堂々巡りするだけになる。最終的に現実逃避になるしかない。

「やんちゃがワルになるのは問題ない、いずれは社会に溶け込める。でもな、普通の子どもが無気力になるケースはやっかいな話や」

この間まで真面目で明るかった子どもが、何の前触れもなく急にすべてに対して無気力、無関心になり、偏狭な厭世観に自らを落とし込む。そうなると誰が、何をしようがまったく反応しなくなる。価値あるものが見出せなくなり、向上心はおろか劣等感すら持たなくなっていく。

さらにコンピューターの普及が拍車をかけた。思い通りにいかない現実を突きつけられるぐらいなら、好きな時にリセットできるバーチャルな世界に逃げ込むことを選び出した。食事もとらず、風呂にも入らず、徹夜も厭わず、誰にも会わないままひたすらパソコンに向かうことができた。

「そういう時代になっても学校はそうした子どもに向き合わなかった。年功序列システムを頑なに守り、口先だけで時代に合った教育論を語るけれども、いざ蓋を開けたら先生らは相変わらずで、これしなさい、あれしなさいの命令ばかりや。そら、子どもは嫌になるで」

「でも、そういう子どもばかりじゃないでしょう。ほとんどの子どもは学校に通っていましたよ。それに、学校という場でいろんな人と出会って、いろんなことを経験することは子どもには絶対必要なはずです。

不登校になってエスペランサにきて成長した生徒はたくさんいます。確かにここでの成長が世間では認められない程度のことが多いですが、彼らにとってはもの凄い進歩なんです。ワタルだってそうじゃないですか。それを頭ごなしに否定して、覚悟がないって言って逃げるのは卑怯ですよ」

小田はゆっくりと谷垣に向き直った。

「俺から言わせたら、その考え方があかんのや。確かに学校に行くことは子どもには必要不可欠なことやで、でもな、世の中でこれだけ生き方や人生に対する考え方が多種多様になっているのに、学校の枠組みは何も変わらんのはなぜや。

実際に学校という既成のシステムに合わない子どもが、これだけ多くなってきているわけやろ。それをどう考えてるねん。学校と合わへん子どもは切り捨てられてるやないか。いつまで経っても、我慢するのも子どもなら、悪いのも全部子どもやないか。そうやって学校は何万、何十万っていう子どもを潰してきたんや。

これは犯罪やで。誰が悪いじゃない。今の学校教育というシステム全体が加害者になっている。だからその中だけで過ごしてきた教員には罪の意識がない。むしろ、自分たちこそ救世主なんだと思い込んでいる。カルト教団と一緒や。

決められた枠組みから出ることは許さないし、逆らうことも一切認めない。成果が上がらんかっても、頑なにシステムを第一に考えて、生徒の実態は見て見ぬ振りをする。

よりよい学校のあり方や新しい教育のあり方を真剣に考えてきた教師は確かにいた。けれども、そんな連中もシステムに押しつぶされている。意見が言えない、言っても通らない、なんでもトップの鶴の一声で決まる。

文科省や教育委員会なんて現場のことは何も知らへん。だから、いじめを受けた子どもが自殺しても、連中は真相を解明することはない。なぜなら、下手にそんなことしたら自分らの責任問題になるからや。

第三者委員会を置いて、無駄に時間をかけて、何を聞いても調査中なので答えられないの一辺倒、調査内容の開示を求めても真っ黒に塗りつぶしたコピーを平気で渡すだけやろ。最終的に『いじめの可能性はあったことは否定できない』というアホみたいな一文で終了する。そうやって子どもの自殺にピリオドを打つ。

要するに、いじめがあっても、子どもが自殺しても、不登校になっても、現場を知らん連中にはどうでもいいことなんや。

そんなことが現実に起こっているのに現場の教師は声を上げない。ストライキもしない。不登校についても一緒や、せいぜい死なないだけましや、としか考えてへん。

教師たちがもっと団結して、行動して、真剣に新しい教育を考えていたら、今みたいなことは起こらなかっただろうし、不登校がここまで多くなることはなかったと俺は思う」

珍しく小田は熱くなっていた。こんな姿を見るのは初めてだった。

「確かにお前が言う通り、エスペランサに来た生徒の多くが成長している。その成長が世間で認めてもらえるようなものではないけれど、本人にとってはもの凄い進歩であることも分かる。

教室に入る、授業に出る、放課後にスポーツをする、みんなと一緒に食事をする、どれもこれも当たり前のことや。できるようになっても誰も褒めることはない。

俺が言うてるのは、その次の段階に組織として取り組めていないってことや。だから毎年同じようなことばかりが続く。

生徒が一人前として認められること、つまり、それは諦めない力やろ。当たり前のことを当たり前にし続ける強さやろ、面白くないって文句を言う前に、自分で工夫して面白くする能力やろ、それをどうやって育むねん。今のままでは無理や、実績がちゃんと示しているやん、そこを考えるべきやろ」

さらに、学校が変化しない理由を先生の保身だと小田は言い切った。

むかし、学校に行けなくなった生徒に登校拒否という怠け者のレッテルを貼って、悪いのは生徒であって、学校や教師の責任ではないという立場を学校側は貫いた。ところが、そんな生徒は減るどころか増えるばかりだった。あわてて学校は相談室を作り、スクールカウンセラーを入れるようになった。保健室登校や放課後になってちょっと相談室に顔を出すだけで出席扱いにして、外からは不登校児は一人もいないようにカモフラージュした。

「ちょうどイジメを隠すのと同じや。なんでそこまで隠さんとあかんのかわかるやろ、公立で働いていたんやから」

「不登校が多いのが学校の評価につながるからです」

教育委員会は理由のはっきりしない転校や退学を含めた不登校生の割合が多いと悪くて、少ないと良しとする単純で、いかにも日本的な学校の格付けを非公式に取り入れた。その結果、各学校では表向きの数字合わせばかりに走り、肝心の不登校生は蚊帳の外になった。

それを谷垣は以前に勤務していた公立学校で目の当たりにした。やる気のある教師ほど、学校に来れなくなった生徒と関わりを持とうと孤軍奮闘していた。しかし生徒が学校に復帰した成功例は皆無に近かった。学校に来なくなるたびに、担任教師は校長から注意を受けていた。中には始末書を書かされる者もいたぐらいだ。ここまで必死で汗をかいているのに、そんな仕打ちは理不尽だろうと谷垣は思った。

「先生はストライキでも起こして、はっきりとこれ以上はできないって声を上げるべきやった。わたしたちの力では不登校を減らすことはできないって。でもそんなことしたら『うちの学校はどうしようもない学校です』『わたしは先生としての能力がありません』て言うてんのと同じに取られるからできないわけや」

小田は新しい氷を持ってきてグラスに入れた。

「それと学校が変わらんかった理由がもう一つある。何かわかるか」

「いいえ」

「楽やからや。取りあえず学校に来ている生徒だけを相手にしていたら格好はつく。なぜなら学校は今でも聖域やし、先生は聖職者なんや、だからマニュアル通りに動いていたら批判はかわせる」

その意見には谷垣は同意しかねたし、馬鹿にされている気にさえなった。

「そうでしょうか、教師の中でも学校を変えないといけないって思っていた人はいたはずですし、今でもいます。たとえ変えられなくても、生徒のために精一杯働いてきた人は実際にいました。みんな何とかして生徒を救おうと必死でした。確かに上手くいかなかったことは多くありましたけど、まったく無関心だったことはないです」

「結果はどうやってん」

「それは完璧じゃありません。でも、思い通りにいかないからといって、そこで止めていたら進歩がないじゃないですか」

「そしたら、エスペランサの生徒の学力が伸びないのはなんでやねん、寮生活しているのにいつまで経っても社会性が身に付かないのはなぜや、授業を充実させるって言うけど学校としてどんな取り組みをしているねん。《生きる力を身につける》と言うけど、どれだけの生徒が身につけているねん。お前が来てからもう五年以上になるやろ、答えられるんか。

お前ら正規の免許を持った先生やろ、いったいこの学校では何を教えているんですか、って親から聞かれて胸張って答えられることがあるんか。心の教育だの、生きる力だの、歯の浮くことしか言えないやないか」

谷垣は急激に鼓動が高鳴って、身体が震えているのがわかった。確かに結果は出ていない、しかし手を抜いているわけじゃない。

「小田さんは何でも学校と教師に責任を押し付けていますけど、みんな手を抜いているわけじゃないですよ。教材研究したり、それなりに授業を工夫したり、授業以外にも生徒と関わりあう時間を無理してでも作っています。だから朝から晩までぶっ通しで働いているんじゃないですか。仕事中にゴルフの素振りばかりして、毎日定時で帰っている教員なんていませんよ。そんな教師は小田さんだけですよ。批判する前に少しは反省したらどうですか」

むきになった谷垣はじっと小田を見つめた。本心だった。小田が怒り出したら怒り出したときだと開き直った。

それでも小田は落ちついていた。

「うん、その通りや。でもな、誰もが今のままではあかん、何かが間違っていると感じながらも、何も変えることができない。変化が起こっても上辺だけで根本的な部分は何も変わらない。文科省や教育委員会も学校も同じまんま、エスペランサも一緒や。生徒指導という言い方で、まるでラジコンで操作しているみたいに子どもを扱っている。思い通りに動かなかったらすべてを子どものせいにできる。やってきたことを反省しないから、いつまでたっても中身はまったく変わらない。それでも教員は進歩している、あるいは成長しているという」

「じゃあ、小田さんはなんで訴えないんですか。職員会議で訴えればいいじゃないですか」

「そんなことしても何も変わらん」

「それってめちゃくちゃ卑怯じゃないですか」谷垣はぐっと身を乗り出して言った。

「そうや」

谷垣はまた絶句した。いったいこの男はどういう人間なのか、本当に適当にやっているだけなのか。しかし、担当している授業や補習では手を抜かない。

この温度差は何なんだろうか。学校の体質をここまで罵倒しているくせに、蔑んでいるその学校で働いて、どの教員よりも授業を面白くするために準備し、補習もまじめに取り組んで、すこぶる生徒からの評判がいい。生活費を稼ぐためだと割り切って、そんな風にできるものなのか。

「先生というのはこういうもんで、学校というのはこういう場所で、教育というのはこういうことやって、かちんかちんに頭が固まってるねん。

ワタルに謝罪させるなんてその典型や。でも誰がどう言うても変わらん。変わらんところに無駄なエネルギーを使うんやったら、俺は総合と補習に集中した方がましや」

「それでいいんですか。小田さんだって生徒たちが元気になってくれれば嬉しいと思わないんですか」

「もちろん嬉しいよ。でもそれは結果であって、俺にどうこうすることもできひん」

「じゃあ、教師に何ができるんですか」

「できることなんて、何もないんとちゃうか」

「それじゃあ、ここで働いている意味がないじゃないですか」

思わず谷垣は叫んでしまった。

確かに小田の言うことには一理ある。しかし、教師として、いや子どもと向き合う立場の者として大切な何かが欠けている。少なくとも教員側から生徒がどうなろうが、それは結果論だと言ったら、何のための学校なのかわからない。

小田は特別不快な顔をするわけでもなく、またムッとするわけでもなく、谷垣を見つめていた。谷垣は自分を落ち着かせるのに必死だった。

「そうや、その意気や」

そう言うと小田は気持ちのよい笑みを浮かべた。

そして急に腰の辺りに両手を持っていって、その場で立ち上がって腰から背筋にかけて伸ばした。うめき声を上げた小田の眉間に皺がよった。

「大丈夫ですか」思わず谷垣が言った。

「振りすぎてん。料理作ってから少し時間があったから、素振りしてたら、ちょっとコツがつかめたんで、アホ振りしてもうたんや。ちょっとごめんな」

そう言うと、谷垣の前でズボンを下ろした。下着も半分ずらして臀部から腰のあたりにエアーサロンパスを大量に吹きかけた。谷垣は唖然としてそんな小田を見つめた。

「むらむらしたか」

「するわけないじゃないですか」

こんなに真面目な話をしているときに、目の前でいきなりズボンを下ろして大量のエアサロを吹きかけるなんて思ってもみなかった。こんな人は初めてだった。

「自分でもけっこう尻のあたりは自信あったんやけどな」

そう言いながら小田はズボンをあげて座りなおした。言葉もないまま谷垣は小田を見つめていた。きっと女性職員がいても同じことをしただろう。強烈な鎮痛スプレーの匂いが広がっていた。

「ごめん、ごめん。ちょっとしたギャグやん。朝まで生テレビみたいになってたから」

小田は何もなかったかのようにまた話し出した。

「問題なのは頭が固いくせに、自分は柔軟な人間だと考えている先生が多すぎることや。その上、教員を目指すのはだいたいが優等生で、大学在学中に部活かアルバイト、せいぜいが一人旅ぐらいの経験しかないやろ。そんな人間ができることは与えられたマニュアルを守ることぐらいしかない。しかも、年功序列で上の言うことに従わないといけないし、その連中は教員の世界しか知らないくせに、広い見聞を持っていると思い込んでいるやつらや。

そら、責任転嫁のためにマニュアルを使うようになるのは当たり前や。想定内のことしか対応できない先生が、想定外の不登校生を扱えるわけがない」

谷垣は俯いてしまった。

教員の社会経験値がかなり低いのは事実である。ノウハウはベテラン教師か先輩から教えてもらうしかない。しかも、その指導方法は、家元制度の下で伝承される芸のごとく、変えることは認められない。逆から言えば、上辺では臨機応変と言いながら、創意工夫を認めない。ちょうど前例がないからという理由で新しい提案を何でもかんでも断る役所と同じだ。

「誤解してもらったら困るけど、俺は決して教師を馬鹿にしているわけじゃないよ。でもな、まず、どうでもいい仕事が多すぎるやろ」

「まあ、それは確かに……」

「それに対して現場から反対の声が上がらない、いや上げられないと言った方がええやろな。最後には先輩教師から《俺たちもやってきたんだからお前もやれ》になる。これでは新人教師はやる気をなくすし、生徒と関わる時間が持てないのは当たり前やで」

谷垣は返す言葉がなかった。確かにそうなのだ。

学校というシステムの中では雑務が多すぎて、教師は生徒と向き合う時間などほとんど取れない。ひと昔前よりも一人一人の生徒に対して、かなりきめ細やかな対応を行っているにもかかわらず、肝心の生徒と関わる時間をほとんど確保することができない。この矛盾に現場の教員が苦しんでいる。

誰も読まない書類の作成、年間計画と授業進行との誤差の修正、学年会議に教科会議、委員会に研修、日誌と活動記録。その上にクラス担任ともなれば保護者への連絡に成績処理、そして行事の準備などが加わり、毎日が猫の手も借りたい状態である。これに部活動が加わるのだ。残業や休日返上をしている教員の実数は相当なもので、まぎれもなくブラック企業レベルだろう。夢とやる気を持って先生になったにもかかわらず、続かない者がかなり多いのもうなずける。

「どんなときでもマニュアルを守る。それが楽やからや。改革する必要性を感じているにもかかわらず、いままでのやり方をくりかえす、結果がどうであれとにかく踏襲する。そうしておきさえすれば責任回避ができる。だから、すべての不登校生に対しても同じやり方を繰り返すだけや」

「でも、先生だって指をくわえて見ているだけじゃないです。何とかしようと必死なんですよ」

「お前やったらどうする。そういう生徒に対して」

「学校に来れなくなった生徒にですか」

「うん」

「それは……家庭訪問したり、連絡取ったり、登校のときに誘いに行ったり、空き時間に話を聞いてやったりすると思います」

「今、やってるやん」

「どういうことですか」一瞬、谷垣には小田の意図がわからなかった。

「いま言ったことはワタルに対してずっとやってきたことやん」

「……」

「効果あったか」

谷垣は答えられなかった。

小田はふたたび語り出した。

「好き好んで不登校になっている子どもなんてひとりもおらん。不登校になる理由も千差万別やろ、そして生徒ら自身が今の自分を何とかしたいと考えている。当たり前やけど、特効薬はないし、万能薬もない。

にもかかわらず、誰に対しても同じ処方箋で何とかしようとする。なぜなら、新しい試みをして失敗したら責任をとらなあかんからや。だから手段が目的よりも大切になってくる。子どもが問題起こしたり、ひどい時には自殺したりしたときに、わたしたちはちゃんと対応していましたって言えるだけの足跡を残しておく必要があるからや。

　ワタルが刺すぞって言ったあとの職員会議で上川さんが言ったやろ、『もしも刺したら学校は終わりや』って。あれや、あれが先生なんや、あれが学校の本音なんや」

　谷垣は押し黙ってしまった。まともにカウンターパンチをもらってしまい、ダウンしたまま動けなくなった。

　そこまで言ってから小田は立ち上がって氷の入ったグラスをもう一つ持ってきて谷垣に差し出した。

「お前からもろた焼酎を出すのは申し訳ないけど、他にもう酒がないねん」

「いえ、すいません」

「お茶で割るか」

「はい、お願いします」

　小田はペットボトルのお茶をそのまま谷垣に渡した。谷垣はキャップを取ってお茶を多めにグラスに注いだ。

「良い悪いじゃない、現実に学校に合わない子どもが増えてきている。つまり、今までの教育システムでは対応できない。それでもそのシステムを頑なに守っているのはおかしいやろ。変わらなあかんのは生徒やない、先生の方や、学校の方や。

だからエスペランサを作ったと上川は言う。でも、普通の学校とどこが違うねん、今では何も変わりないやん。せいぜい熊代が定期的にカウンセリングするぐらいで、あとは一緒、やることは教科書を使った勉強、絵に描いたような地域活動、そんなんでどうやってあいつらを一人前に育てるねん。

わざわざ不登校になった生徒を集めてきて、あいつらが行けなくなった学校と同じことしているだけや。だから進学しても途中でやめてしまう、就職しても長続きしない生徒が多いんや。

もちろん、こうしたらええという方法はわからん。しかし、俺たちがしっかりと考えなあかんことはその部分やろ、決して英語や数学ができるようになることじゃない」

「でもエスペランサだけが勝手にすることはできないでしょう。文科省による学校法人としての規定があるわけで、すべてを統括しているわけですから」

小田がぐっと身体を前に出した。

「それや、そこで止まるからなんも変わらへんねん。思い切ってやってみたらええやん。エスペランサは不登校生を一人前にしたいから、独自の授業や活動を取り入れていく。その線で文科省と交渉していけばいいやないか。

でも、できない、というよりもしない。そんなこととして、もしも学校法人の認可を取り消されたら、支援金がもらえなくなったら、頭がすぐそっちに向いてしまう。

文科省が決めた枠では不登校教育ができないから、独自のカリキュラムを取り入れていきますってドンと構えられへん。出る杭になる覚悟がない、だから、いつまでも言い訳探しがずっと続いていくんや。

もちろん、急に全部は変えられないけど、少しずつやったら変えられる。失敗しながらでもそうやって工夫していくべきやろ。

年度末にみんなでその年の授業の振り返りと反省をして、次の年の目標を設定して、子どもらが個として強くなるために、どんな授業や活動を取り入れていくのかを教員全員で幅広く検討していかなあかん。これはいくら時間かかっても、学校に泊まり込んでも、やるべきことのはずや。同時に、どんな活動が効果的で、どんな活動がそうでなかったかも検討するべきやろ。それをしないから何の進歩もないままや。それだけの覚悟がないからすぐに妥協する、今までと同じようにしておけばいい、になる。

不登校生に足りないのは机の上の勉強やない。そんなもんよりも、失敗や挫折を味わう体験や、一生懸命取り組んでも上手くいかない経験や。それがないから、あいつらはいつまでたっても、怖がって動かない。失敗したらどうしよう、何か言われたらどうしよう、とすぐに萎縮してしまう。必要なのはそれを乗り越える訓練やろ。そこを教えてやるべきやろ。

でも、できない。なぜなら先生自身も萎縮しているからや、失敗したらと考えているからや。とくに上川は責任を取らなあかん立場やから、石橋をたたくだけで渡ることをしない、渡るのはいつもと同じ橋だけや、しかも、そんな態度を斬新だと考えている」

そこまで言うと小田はひとつ大きく息を吐いた。部屋の空気がいっきにその密度を濃くして谷垣に圧力をかけてきた。

「そこまで言うのなら、小田さんが提案してみればいいじゃないですか」

「今まで何度もしてきたよ」

「本当なんですか」

「うん。嘘やと思うなら古株の連中に聞いてみ、鷲見とか石川とかフリースクールからいる職員に聞いてみたらええ、上川でもええし聞いてみ」

嘘ではないだろう。その話は何度も耳にしたことはある。フリースクール時代には次々と新しいアイデアを提案して実行してきたのが小田だったという。

「どうして、今はしないんですか。ぼくが働きだしてから五年になりますが、それだけの意見を持っているならもっと職員会議とかで発言していけばいいじゃないですか」

「無駄、さっきも言った通り聞く耳持ってない相手に何を言っても変わらん」

「それじゃ、いつまで経っても変わらないじゃないですか」

「そう、変わらん」

「そんなんでいいんですか」

「まあ、良くはないわな。でも、それは俺には関係ないことや」

「どうして関係ないんですか」

「俺の仕事は総合と補習だけやから」

谷垣のイライラは頂点に達しそうだった。仮にも同じ職場で働いているんじゃないか。教員免許を持っているとかいないとか抜きで、生徒と実際にかかわり合っている最前線で働いているのだから、もっと積極的になるべきだ。なのにまるで無関係の部外者のように振る舞って、外から批判するだけなら誰でもできるし、何のために働いているのか。

「いま、お前が俺に腹を立てている気持ちはわかる。でもな、その気持ちで上と向かい合っても良いことなんて一つもない。ただ対立して気まずくなるだけや。

上川は口ではいろんな都合の良いことを言うけど、周りをイエスマンで固めて独裁を続けているだけやろ。常に自分が中心にいないと気がすまないんや。

それよりも、それぞれの教員ができる範囲内で実行していくことや。俺は総合と補習でそれをしている。だからどうなるってことじゃない。けれども生徒らは俺の総合を楽しみにしているし、補習に参加しているやつらはちゃんと勉強している。俺にはそれ以上はできない。だから、できることを続けていくだけや」

「でも、対立してもエスペランサを良くするためには言わなきゃいけないことってあるでしょう」

「もちろん、その通りや。でも、連中が聞く耳持っているか。まだワタルに謝罪させるって考える連中やで。気に入らんことを言うたらムッとした顔をして、唸って終わりやろ。新しい意見を出しても話題にもしない連中や。

何度も言うけれど、思いもつかない新しい授業や企画をやられることが、上川は耐えられないんや。すべてにおいて自分の手柄でないと気がすまない。だから誰かが提案した意見を取り入れるときでも、まるで自分が考えだしたかのようにみんなの前で説明するやろ。何度も見てきたやろ、お前も」

　思わず谷垣は肩を落とした。その通りなのだ。意気込むのはいいけれど、谷垣自身も上の連中に面と向かってＮＯとは言えない。

「じゃあ、どうしたらいいんですか」

「ワタルのことか、仕事のことか」

「ワタルのことです」

「離れろ、近づくな」

「全校生徒の前でワタルに謝罪させるというのは」

「そのまま伝えたらええ」

「小田さんは賛成なんですか」

「まさか、反対や」

「そしたら……どうして……」

　谷垣の身体がぐっと前に出てきた。

「断ったらどうなる。また連中のことやからごちゃごちゃ言うてくるで」

「でも、集会のあと本人を呼び出して注意して、両親も学校に呼んで、自宅謹慎までさせて、その上まだみんなの前で謝らせるなんて納得いかないですよ」

谷垣はさらに続けた。

「小田さん、ぼくはわからないんですよ。校長や教頭もワタルを何とかしたいと考えているんでしょうが、その結論がこれでしょう。ぼくは、教師として、いや、人間としておかしいと思うんです。こんなやり方は」

谷垣は大きく深呼吸をした。

「それに……」

間違っていると思いつつも反対しなかった。反対できなかったのではなく、しなかったのだ。にもかかわらず、小田に愚痴をたれている自分こそワタルの問題にかこつけて、ただ保身を図っているだけじゃないのか。本当にワタルのことを考えているなら、はっきりと違うと答えるべきじゃなかったのか。そんな思いがメラメラと湧き上がってきた。

話している途中で言葉に詰まった谷垣は俯いてしまった。熱い想いはあるのだが言葉が出てこなくなった。

「そんなもんや、そう簡単にＮＯは言えん」

小田の言葉にすっと谷垣の顔が上がった。

「どっちが正しいかと言えば、お前の方が正しい。でも、その正しい方がまかり通るかどうかは別問題や。上川がどうの、堂林がどうの、と言う前にここはワタルのために早いことピリオドを打ってやったらどうや」

「ピリオド」

「要するに連中はエスペランサのトップとしての面子を守りたいわけやろ。今回の件が流れたらまた次の方法を考えよるで。次はお前を通さんと謝らせる方法を考えてくるはずや。そうなったらワタルがかわいそうやろ」

まずはワタルのことを考えるべきだ。小田に指摘されて谷垣は大きく頷いた。何度も頷いた。まずはピリオドを打ってやろう、今はそうすることがなにより大切なことだ。

「何の因果も理由もなく振りかかってくる不幸とか不運はある。ワタルは不登校になったことで難儀な人生を送らなあかん。でもな、それはワタルが受け止めなあかんことや、と俺は思う。俺らには直接あいつを助けることなんかできひん。教員が生徒のためにやれることなんて大したことじゃない」

小田は言い切った。

「みんなの前で謝ることも良い悪いじゃない。大げさな言い方やけど、ワタルが運命なんやと受け止めなあかんことや。

ワタルにはお前の気持ちを正直に話したらええ。俺は反対だったけど、嫌な思いさせてごめんなって」

できるだろうか、そんな自信は微塵もなかった。そんなことしたら、今まで築いてきた信用が崩壊してしまう。ワタルを裏切ることになってしまう。今しがたピリオドを打ってやろうと思った気持ちが早くも揺らぎはじめた。

「そんなことは……できる自信がないです……」

情けない声に急に小田の目が突き刺すように鋭くなった。

「そこが先生なんや。生徒のために最善を尽くす、それでもその生徒が落ちこぼれたり、悪に流れたり、もっと言えば、取り返しのつかんことをするかもしれへん。それはもう俺らの手が届かん話や」

「でも、そうならないようにするのがぼくたちの務めじゃないですか」

「そうや、だが、できるかどうかは別問題やろ」

「じゃあ、小田さんはワタルがとんでもない事件を引き起こしても仕方がないと考えているんですか」

興奮した谷垣の声が一段と高くなった。

「そしたらお前はワタルが本当に誰かを刺すと思ってるんか」

小田も言い返してきた。

「いいえ、そんなことは思っていません」

「そしたら信じてやれや、ワタルを理解するんじゃない、信じてやることや」

小田の言葉がぶるぶると振動しながら谷垣の身体全体に入り込んできた。

「信じてやりたいと信じてやるとは違う、わしらの性根しだいや。お前が信じてるならワタルにははっきりと考えていることを包み隠さずすべて伝えたらええ、あとは離れていた方がええ」

「でも……それでは……」

入学してきたときのワタルの顔、学校に慣れ始めて笑い始めた顔、そんな息子を心から喜んでいた父親の顔、突然、授業に出れなくなって俯き出したワタルの顔、あの校長室でハンカチを握り締めながら嗚咽していた母親の顔。ワタルはいま大きな岐路に立っている。

小田が言った。

「一回ぐらい、ぎりぎりのところで勝負してみいや」

ぎりぎりのところで勝負する。そんなことを経験した記憶は谷垣にはなかった。のるかそるかの場面など人生にあっただろうか。恵まれて生きてきた実感はないが、追い込まれた場面を何とか自力で凌いだ記憶はない。教員というマニュアルの範囲内で答えを選んで、それにあてはめてきただけである。

そんな谷垣がワタルに何ができるのか、何とかしてやりたいと思うけれど、自分に何ができるというのか。

「先生が生徒の人生に影響を与えることなんて僅かしかない。上手くいくのはドラマの中だけや。俺らの力なんて高が知れてる。だからこそ一つのやり方に固執したらあかん。研究会で分析するのはええけど、それがすべてじゃない。俺からしたらあんな分析なんか取るに足りんことや。

そんなことよりも自分のやり方で接することの方がずっと大切や、と俺は思う。ひとりの人間として対等に付き合ってやることや。何がワタルのためになるかどうかなんて誰にもわからん。せやから、お前の気持ちを正直に話してやればいい。あいつは話のわからん奴とちゃう。俺はそう思うで」

教師には向いていないのだろうか。熱い気持ちを振りかざしながら、そんな自分に勝手に酔っていただけじゃないのか。谷垣には答えが出せなかった、というよりも、その答えを聞きたくなかった。

「ワタルもなぁ、難儀な人生やで。……もっと、喜んだり、怒ったり……そやなぁ……大声出して、泣くことができたら、もっと楽になれるのになぁ」
そう言って小田はまたカメムシをガムテープで捕まえた。

8

むかしの眼つきだった。頑なに黙り込み、気を許すことなく、何を言っても反応がない。時々うなずく程度で返事もまったくしない。一日中、壁を見ておけと言ったら平気で見つめていられる。それぐらい感情とは無縁の目付きになっていた。精神も含めた存在そのものに生気がなく、蠟人形みたいで、病み上がりのように青白くなったその顔は、恐ろしいまで無機質だった。

「ごめんな、ワタル」

精一杯の言葉だった。

話し終わって谷垣はワタルのブースから去っていった。

ワタルに納得させてから上川たちが日時を決めて、集会を開いて謝罪させると聞いていた。ところが、今朝になっていきなり全校集会を今日の午後開く、と上川が言い出した。もちろんワタルに謝罪させる件も全職員に説明した。

谷垣からしたらだまし討ちだった。今日に行うにしても、まずは自分に知らせるのが筋だろう。打ち合わせ前には時間は十分にあったし、第一同じ校舎内にいるのである。それでも、そうしないというのは、谷垣が納得していないと考えてのことに違いない。やり口が汚い、というよりも、なんて卑怯な手を使うのだろうか。そんな男が校長をしている学校で自分は教師として働いている。谷垣は腹が立つよりも情けなくなった。

開校当初、エスペランサはわずか三名の生徒からスタートした。そこから地道に真面目な活動を続けることで、地域から信用を手にすることができた。やがて支援の輪は地域から企業、そして財界へも広がっていき、ここまで大きくなった。生徒も増え、学校名もそこそこ浸透して、不登校生支援をする新しい学校としての地位も、ある程度は確立できた。それらはすべて上川の努力と誠実さの賜物だと言える。

他校では指導できない不登校生を共同生活を通して指導し、支援する自らの教育に大きな自信を持った。実際にエスペランサみたいに臨床心理士を常駐させて、心の問題をきめ細やかに指導をしている学校は他にない。その意味でもエスペランサは一歩も二歩も先を行く学校だった。

だが、エスペランサの成長の裏側で、上川の誠実さは巨大な傲慢と不遜に変化していった。ある程度の生徒数が集まると、一人ひとりを大切にするという姿勢はすぐに崩れ、まもなく既成の学校と同じ枠組みになっていった。

授業を含めた学校らしいルーチンが浸透してくると、教員と生徒たちの間にたちまち距離ができた。それでも上川は生徒が増え、学校法人となったのだから仕方がないと、いとも簡単に掲げたはずの理想に蓋をした。経営者として下した決断によって、皮肉なことにエスペランサから希望がなくなり、ごく普通の学校となった。

それでも、不登校生の自立支援という看板を掲げた上川の自信は揺るぎないものだった。そうした学校を創設した自分は、教育界に名を残す選ばれた人物なのだと、自画自賛するようにもなった。指導しているんじゃない、我々は不登校生を指導してやっているんだ、小田が言っていた通りの慢心である。

澱みのない理想が汚れた欲にいつの間にかすり替わっていた。もちろん上川は否定するに違いない。たった一つの正義しかもっていないリーダーの周りには、イエスマンばかりが集まり、一枚岩に見えるものの伸び代はもうない、と小田は語っていた。実際にエスペランサで彼の周りにいるのは息のかかった者ばかりである。そんな上川にはかつての魅力もなければ、教師としての敬意も感じない。ただの勤務先にいる使えないリーダーでしかない。

ピリオドを打ってやれ。

いまは一刻も早く終わらせてしまうことだ。職員室の机に座って、谷垣は改めてそう思うようにした。小田はパソコンの画面を見ていた。

朝の打ち合わせが終わっても、谷垣は上川に呼ばれることはなかった。血相を変えて岩木がやってきた。言いたいことはよくわかっていた。ともかくここは任せて欲しいと言って納得させた。岩木はまだ肩で息をしていた。

その足でワタルのブースに向かった。谷垣は自分の力不足を謝りながら、ありのままを正直に話した。ワタルが断るなら話がこじれて嫌な思いをするだけになる、だからここは我慢して謝ってくれないか。ワタルは黙って話を聞いて、最後にうなずいただけだった。

言ったはいいものの、後味が悪いなんてものじゃない。上の者の言いなりになって、信頼してくれていた生徒を奈落のそこに突き落とすわけだ。ワタルの母親の顔が浮かんだ。『うちの子は、ワタルは、谷垣先生のことが大好きなんです。これからもよろしくお願いします』校長室で嗚咽をこらえて叫んだあの声が蘇ってきた。

着信音が鳴った。麻由美からだった。『料理とっても美味しかったって小田さんにお礼を言っておいて、それとね、今さっき動いたんだよ！』

すっと笑顔になる。まだ身内にしか話をしていないが、来年の春に生まれてくる。

それを機に結婚する。麻由美から妊娠を告げられたときに、ぱっと目の前が明るくなった。父親になる未来が猛烈な力になって、身体中にみなぎってきた。何があっても守ってやろう、そのためならなんだってする覚悟がわいてきた。

まだ見ぬわが子のためならなんだってできる。しかし、三年間も自分を慕ってくれた生徒に対しては何もしてやれない。エスペランサという組織、上川や堂林、あるいは職場のしがらみ、なんにだって責任をなすりつけることはできる。

小田は正しいことでもまかり通らないことがあると語っていた。間違ってはいない。小田のことは素直にすごい人だと思う。でも谷垣は彼の意見には納得できない部分が多かった。あそこまで割り切ることなど谷垣にはできない。では何ができるのかと自分に問いかけても答えが出てこない。

気持ちはNOのまま加害者側についている。なぜ、俺は立ち向かわないのか、なぜ声を上げないのか。本当にワタルのことを考えているのか。やはり自分がかわいいだけじゃないのか。ワタルという個人をモルモット代わりにして、いまの立場と生活を守るために、一線を越えないように、頑張っている振りをしているだけじゃないのか。本当はワタルがどうなろうと関係ないと思っているんじゃないのか。

声なき声が心の中でいつまでも響いていた。

　結婚を控えて子どもも生まれるというのに、仕事を失うわけにはいかない。でも、今回のことはどうしても納得できない。上川らが決めたことは間違っていると今でも思っている。しかし、その気持ちに正直になれないのが悔しい。

　べつに反対したからといって解雇されることはないだろう。だが、今以上に働きづらくなるのは間違いない。何かにつけ思い出され、あの二人の面を見るだけでムカついてくる。『誰もがどこかがおかしい、何かが間違っていると感じながらも、何も変えることができない』小田の言葉が蘇ってきた。

　この期に及んでまだ踏ん切りがつかない谷垣は授業にも身が入らず、ため息ばかりついていた。心配した岩木や若手たちが何度か声をかけてくれた。彼らとしても賛成はしていないはずだ。その上にワタルに謝罪させる経緯について何も聞かされていないので、余計に気になって仕方がない様子だった。

「大丈夫、終わったらちゃんと説明するから」

「わかりました」

「ごめんな」

「いいえ、谷垣さんが謝ることじゃないですよ」

谷垣はぶらっと職員室を出て行った。校内に居場所がなかった。まるで不登校になったみたいだ、そう思うとふっと笑えた。

階段を下りて一階の食堂の前を通って生徒昇降口の方に行った。下履きに履き替えて、小春日和のすがすがしい空気に満ちた外に出た。こんなにも嫌な気分なのに外は底抜けに気持ちがいい。

いつの日か今日のことが思い出になるのだろうか。「あの時はごめんな」とワタルと笑い合える日が来るんだろうか。裏切り、最低、クズ教師、自らを形容する言葉が次々に浮かんでくる。

「ごめんな、ワタル」谷垣は何とか笑顔のワタルを思い浮かべてつぶやいた。

ビュッという音が聞こえた。

少し先で頭にタオルを巻いて小田が素振りしていた。谷垣を見つめるとタオルをはずして汗を拭いた。

「昨日はごちそうさまでした。うちのやつが小田さんの料理がとても美味しかったって礼を言ってました。ありがとうございました」

「ああ、今度は一緒においで、カメムシがおらん時期がええな」

「そうですね」

小田はまた素振りを始めた。谷垣はその場に立っていた。まだ迷っている自分が情けなかった。でも、いまの谷垣には小田しかいなかった。

「大丈夫や、ワタルは。信じてやれ」

谷垣の気持ちを察して小田がすっと言った。そして素振りを止めて笑った。

思わず肩から力が抜けていった。そうなのだ、しなければならないことはした、あとは信じるだけだ。もう文句を並べたり、悩んだりしている時ではない。ともかくワタルを信じてやることだ。谷垣はあらためて礼を言ってから職員室に戻った。

アイアンの空を切る音が一段と大きく鳴った。


幸平が現れたとき、ワタルは少しだけ顔を向けたが何も言わなかった。

「ねえ、あのマンガって面白かった」

返事はなかった。天井を見つめたままワタルは黙ってベッドに寝転がっていた。

何と声をかければいいのか、迷った挙句に出たのがマンガのことだった。幸平自身、あのマンガにはまったく興味もないくせに、そんな話から入ったことをワタルに見透かされているようで、少しばかり恥ずかしくなった。

「まあまあ」

しばらくしてから思い出したかのようにワタルが返事をした。幸平がぐるりとブースを見回して、机の上の木に目を留めた。ところどころ削られていて、残りの表面には濃い鉛筆で下書きがしてあった。だが、彫ろうとしているものがなんであるかがわからず、どこかの川原から拾ってきた流木の破片だと言われてもすんなりと信じるだろう。

「少しは彫ったんだ」幸平はいま知ったかのように声をかけた。

ワタルは寝たままの姿勢で首だけを少し幸平に向けた。

「彫ったってほどじゃないよ、まだ」低い疲れた声だった。

「でも、リスみたいに噛んだわけじゃないだろう」

ワタルはにやりとした。幸平は少しだけ安心した。

しかし、ベッドに横たわったままのワタルは、何千年かぶりに掘り起こされたミイラのようだった。『いる』というより『在る』って感じで、意志があるのかどうか、そしてなにを思っているかがわからなかった。下手に刺激はしたくない。

相手の気持ちを慮り、先回りして気を使った言葉を投げかける。そのことがかえって火に油を注ぐ結果を招くことは多い。泣きたいぐらいの気持ちなのはワタル本人なのだ。

幸平は彫刻刀を探した。刃の小さい二本はすぐに見つかったが、いちばん大きなものが見当たらなかった。両手を頭の後ろに回して、身体を真っ直ぐにして寝ているワタルはだぶだぶの上下のジャージを着ていた。幸平はそのポケットに目を向けた。持っているはずだ。『やめとけよ』と言うべきなのか。逆に言わない方がいいのだろうか。

谷垣がやってきて、全校集会の話をしはじめると、ワタルの表情は一気に変わっていった。話をしている間、ずっとワタルはベッドの端に座って、終始俯いたまま視線を上げることなく黙って聞いていた。そして最後に小さくうなずいただけだった。

ワタルはそのあと彫り始めた。左手に木を持っていちばん小さな彫刻刀で彫り始めた。隠匿していた怒気をぶつけるような荒々しい動きではなく、下書きの線にそって丁寧に彫っていった。ただ、いちばん大きな彫刻刀は使わなかったし、彫ったと言ってもわずか数分のことだった。ワタルは木と彫刻刀を机の上においてまたベッドにごろりと横になった。そこまで待ってから幸平は現れた。

できるだけ明るく幸平は声をかけた。ワタルの反応はなかった。気まずい間ができた。偶然にお気に入りの女の子とエレベーターの中で二人きりになったみたいで、なにから話していいかわからなかった。ワタルから幸平に意識は向いてこなかった。意図的に幸平だけを無視しているわけじゃない。すべてに対してバリアを張って無関心でいるのだ。自分を守るために。

　せっかくこの前に小田と話をして楽になったところだったのに、さっきの話でまた振り出しに戻ってしまった。そりゃそうだ、ここにきてみんなの前で謝らせるなんて、教師の考えることか、いったいなにを考えているんだ。妖術が使えるなら真っ先に上川たちを呪ってやるのに、と幸平はめずらしく憤慨していた。だからこそ、逆に話は蒸し返したくなかった。

　本当のところワタルはどう思っているんだろう。

　表情からは大きな憤怒があるとは見えない。かといって谷垣から話を聴く前と後ではあきらかに違っている。何かがぶっ飛んでしまったみたいに、身体から漲る力がすっかりとなくなっている。もともとエネルギッシュな男の子ではない。だから一見しただけでは、いつものワタルとの差はわからなかった。

　しかし、幸平には違いがはっきりとわかった。その差にこそあいつらが付け入る隙ができる。それは善悪を超越した、ある意味で悟りに近い世界で、いったん足を踏み入れると戻ってこられなくなる境地である。

　野球の神に見初められたイチロー、サッカーの女神に微笑みかけられたクリスティアーノ・ロナウド、彼らは厳しい自己管理を己に課した上で、すべてを捧げて唯一無二の栄光を手に入れた。野球やサッカーに携わっている限り、イチローはイチローであり、ロナウドはロナウドであり続けることができる。

ワタルはそれとは正反対の漆黒の世界に向かっている。道徳や温情、そして友愛といった光がまったく届かないブラックホールに踏み込もうとしている。あのグラウンドのフェンスにできた黒い穴だ。『誰でもよかった』と言って、無表情なまま刃物を振り回す連中がいる世界だ。善悪もなければ道徳や倫理もない、感情もなければ理由もない。ただ、スイッチが入れば、それで終わりという世界なのだ。

「持ってるの」思い切って幸平は尋ねた。

ワタルは天井を見たままだった。

「置いていった方がいいよ」

「………」

「置いていった方がいい」さっきよりも強い声でもう一度幸平は言った。

ワタルに何の反応もなかった。逆効果になったんだろうか、やっぱり言わない方がよかったのか。いや、ワタルは聞いている、ちゃんとぼくの言葉を受け止めてくれている。幸平は少し身を乗り出して何か言おうとしたときに、ワタルの口が先に開いた。

「前に、刺すならわたしを刺しなさいってお母さんが言って、包丁を出したって話しただろう」

　ワタルの声に幸平は止まった。

「うん」

「あの時に握ってみたくなったって、言ってたでしょう」

「ああ」

「握っておけばよかったんじゃないかって、今になって思うんだ」

「お母さんを刺せばよかったって考えてんの」

「そうじゃない」

「じゃあ、どうして」

　ワタルは答えることをせずに黙って天井を見ていた。幸平ははやる気持ちを抑えてワタルが話し出すまで待った。すべてがスローモーションに見えた。

「ぼくはきっと生贄になるために生まれてきたんだ。そんな人間ってきっといるんだよ。不登校になってもならなくても、ある程度の時期が過ぎたら誰でも大人になれる。でも、中にはなれない奴だっている。いつまで経っても閉じこもって外に出れないまま、ずっと……ずっと、燻って生きていくしかない奴っているんだ。周りの人が立ち直っていく時に捨てていく、不運や挫折を肩代わりするためだけに生まれてきた人聞って、きっといるんだよ」

　少しずつ、ワタルは震えはじめた。

「そういう生き様なんだよ、きっと、ぼくは」

「仮にそうだとしても、それは悪いことじゃないし、一生続くとは限らないよ」幸平は力を込めて言った。

　先日、グラウンドの階段のところで小田と話をしたとき涙が止まらなくなった。自分の気持ちを初めて話すことができた。そして、話を聞いてくれる大人に初めて会えたことがうれしかった。確かに上川や谷垣も心配してくれている。その気持ちはもの凄くありがたい。エスペランサの生徒でよかったと正直に思う。

　でも、あの時、初めて自分の気持ちを自分の言葉で言えて、その拙い話を小田は黙って最後まで聞いてくれた。生まれて初めて大人を信用できた。そして「お前は大丈夫や」と言ってくれた。今度こそ立ち直れる手応えを感じた。

　しかし、その足場をものの見事に外されたのだ。二ヶ月ほど前に急にやる気を失った時みたいに、振り出しに戻ってしまった。せっかく前を向けるようになれそうだったのに、怖くて動けない自分を超えられると思ったのに。

　やはり、世界は自分を認めてくれない、とワタルは思った。どこに行っても、何をやっても居場所はどこにもない。野栗恵美と同じなのだ。

「燻りたくないのに燻っている、閉じこもりたくないのに閉じこもっている、そういう奴はどうしたらいいんだよ。大丈夫だ、チャンスは来るって言われて『はい、わかりました』にはならないだろう。

でも、信じようとしたんだ。初めて自分を信じようって思えたんだ。

いままでぼくがどれだけお父さんを苦しめてきたか、どれだけお母さんを泣かせてきたか、どれだけ谷垣さんらを困らせてきたか、知ってるだろう、幸平は」

喜怒哀楽がないわけじゃない、ただ感情を抑え込むことでワタルはこちら側に踏みとどまることができた。そのストッパーが壊れたのだ。

幸平はそのときが来た、と悟った。もう自分にはどうすることもできないかもしれない。

「ああ、知っている。でもな、いまのワタルはそういう人生を送る時期にいると決められているんだ」

「誰が決めたんだ。せっかく前を向けそうだったのに」そう叫んだワタルの両目から涙がどっと溢れ出した。

「それは知らない。でも、そうなんだ。この世界には不平等でめちゃくちゃな差別がある。説明がつかないし、責任がどこにあるのかわからないことがたくさんある。でも、そんな言葉では語れない、いくら問いかけても答えのないことばかりなんだ。それがワタルのいる世界なんだよ。

苦しいけれども、世の中って今のワタルみたいな人に支えられているんだ。だからワタルが必要なんだ。今の苦しい時期を乗り越えて前に進んで行くしかないんだよ」

ワタルは声を押し殺しながらバスタオルで顔を覆った。タオルの下の顔が小刻みに震えていた。

「もういやだ……こんなのは、もういやなんだ」

幸平は初めてワタルの魂の声を聴いた。そしてできるだけ落ち着いて話した。

「自分の生き方や人生の目標を若いときに見つけられる人もいれば、大成功して有名になった人もいる。反対に六十歳、七十歳になるまで巡りあわなかった人だっている。途中で挫折した人もいるし、最後までわからないまま逝く人もいる。

誰が幸せで、誰が幸せでないかじゃない。そんな尺度で人生を測ったらいけないんだ。でも、みんなわかってないんだよ。欲しいものと必要なものの区別ができない、他人と比較して羨ましがられることでしか満足できない。

みんながあこがれているキラキラした充実なんてどこにもないんだ。文句や愚痴を言いながら昨日と同じ今日を過ごしていく。その繰り返しなんだ。そんな退屈でつまらない毎日の中で小さな楽しみを探すんだよ、それが生きることなんだ、それ以上の何かを求めてはいけないんだ。でも、その小さな楽しみが必ずチャンスを運んできてくれる。

その時が来るまでは、誰からも認められなくても、どんなに報われなくても、そういう自分を受け入れていくしかない。努力すれば夢は叶うなんて大嘘だし、個性を大切にするなんて言うやつも何も知らない大馬鹿なんだ。

ワタル、信じてくれよ。いまお前が苦しんでいる時間は必ずお前の力になる。あのイカレタ小田が言っていた通りなんだ。そういう風に信じて生きていくしかないんだ」

「信じられなかったら」

「そうじゃない、信じるんだ。夢とかリア充とか生きがいみたいな言葉は、あとから無理やりこじつけて作ったものなんだ。そうしないと惨めでならないからさ。きらびやかで、みんなが羨ましがる豪華なものよりも、見えないもの、言葉にならないものにこそ意味があるんだよ」

ワタルはじっと幸平を見つめていた。

「いいか、ワタル、ここにないものはどこにいってもないんだよ」

気がつかないうちに幸平は立ち上がって、いっきにまくし立てるように語った。久しぶりに息苦しさを感じたほどだった。途中からバスタオルを首まで下ろしたワタルはそんな幸平を見つめていた。

「まずはそのままで行こうよ、今のままでいいから」

「……無理だって……もう、限界なんだ……」

もう一度、幸平は息を整えてから言った。

「少し前にあいつらの話をしたのを覚えているか」

「……うん……」ワタルは小さく頷いた。

「なんでも悪い方に考えて物事を決める。よく考える前に、答えを出して可能性を捨ててしまう。そうやって自分で自分の首を絞めてしまうから、あいつらが入り込んでくるんだ。あいつらは小さな隙間さえあれば、どこにでも、誰にでも入り込んでくる。

覚えているだろう、世の中のいろんな場所に怨念が居ついているって言ったのを。ここの屋上の鉄柵の部分にもきっといる。上川にも谷垣にも小田にも、お前の両親の中にも、そしてワタル自身にもすでにあいつらは入り込んでいるんだ。でも、何も怖くはない、それはごく当たり前のことなんだ」

ワタルは涙目を幸平に向けた。

「あいつらは、悪ってやつらは、決して黒マントを着て、大きな鎌を持って、恐ろしい格好をしてやってくるんじゃない。いつも優しそうで、親身になってくれて、相談に乗ってくれて、力にもなってくれる。そんな姿で近づいてくるんだ。信用している人の内側に隠れてやってくるんだよ。そして、人間の欲とか見栄を刺激していくんだ。最初はちょっとしたことでも、そこからどんどん悪い方に引っ張っていく。そうやって狂ったあっちの世界に引きずり込んでいくんだ。すると最終的に自分だけが正しいって考えてしまう。そうなってからじゃ遅いんだよ」

「だって、もう無理なんだよ」

「俺を見ろ、ワタル、しっかりと俺を見ろ」

幸平は叫んだ。

ワタルは幸平を見たとたん、あわててバスタオルを頭からすっぽりとかぶった。そして身体を丸めるようにしてベッドの隅にこれでもかという具合に摺り寄った。バスタオルを摑んだ両手は震え、歯もガタガタと音を立てた。呼吸が猛烈に速くなった。

「ちゃんと、こっちを見ろ、ワタル」

幸平の怒号に恐る恐るバスタオルを目元まで下げた。

いつも着ているアディダスのジャージはずたずたに引き裂かれ、右のわき腹から太腿の辺りまでひどい火傷で、ケロイド状に爛れた皮膚が見えていた。頭髪は焼けたことで、どさっと半分ぐらい抜け落ちて、その部分に大量の血がこげ茶色に固まっている。左袖も肩口からびりびりに破れていて、大きな刃物でざっくりと切られたあとが残っていた。こめかみの辺りから噴出した血が顔から胸全体に流れ、乾いたペンキが捲れ上がるように凝固していた。

幸平はワタルに一歩近づいて言った。

「この血が秋葉原のものだ、こっちは神奈川のバス停、こっちは障害者施設のもの、そして火傷の痕はアニメ制作所のものだ。

世間では彼らのことを頭が狂った連中だという。愛情が足りなかった、虐待を受けていた、自己愛が強かった、発達障害だった。事件が起こった後から人々はいろんな理由をつけて、自分たちとは別種の人間みたいに言う。なんでかわかるか」

ワタルは震えながら首を横に振った。

「この姿に自分を見たくないからさ。ひとたび迷い込んだ人間はどんな残酷なことだってする。社会との繋がりを持てない孤独と不安が、自分なんてどうでもいい存在だと思い込ませる。そして巨大な被害妄想に変化していく。

なぜこんなに苦しいのかと問うけれど、そんな答えはどこにもない。受け入れるしかない。でも受け入れずに答えを探し続けるから、最終的に社会全体が自分のことを馬鹿にして、蔑んでいると考えるようになってしまう。

なぜそうなるか、逃げてるからだよ。

逃げていれば自分の弱さを、生き抜くことの辛さを考えなくてすむからさ。そうなってしまってからでは手遅れなんだ。振り返っても帰り道はもうないんだ。

ワタルの言うとおり、何とか社会の一員になりたいと思ってもなれない奴はいる。間違いなくいる。それでも、そういう奴らはそのまま生きていかなきゃならない。

『人間はひとりでは生きていけない』なんて恵まれたやつがいう言葉だ。俺たちみたいな人間はひとりで生きていくしかないんだ。仲間や友人や恋人や家族ができたとしても、ずっと孤独を背負って一人で生きていくしかないんだ。

それが辛いんだ。恐ろしく辛いんだ。わかるだろう、ワタル。

親身になってくれる人がいるのに、守ってくれる人がいるのに、愛している人がいるのに感じる孤独。いくら信じようとしても心のどこかが乾いている、誰にも受け止めてもらえないんじゃないかっていう不安、わかるだろう」

ワタルは血まみれの幸平をじっと見つめていた。

「狂った方が楽なんだ、でもそれでは何の解決にもならない。ただ、あいつらが喜ぶだけなんだ。新聞に載るような大事件だけじゃない、些細なもめごとが起こるたびに、あいつらは優しそうな顔つきをしてやってくるんだ」

　血まみれのまま幸平は必死になってワタルに語った。ワタルはもう怯えてはいなかった。じっと話を聞いてくれていた。《頼むから、頼むから戻ってきてくれ》幸平は祈り続けていた。

　少し間ができた。ワタルはゆっくりとバスタオルを外した。

「幸平、一つ聞いていい」その声はすっかり落ち着いていた。

「いいよ」

「幸平は泣いたことあるの」

　幸平はじっとワタルを見つめた。

「ない」幸平は静かに言った。

「これから先、いつか泣くことができそう」

「わからない……でも……泣いてみたい」

　ワタルはすっかり自分を取り戻していた。

「きっと、幸平の言うことが正しいんだと思う。でも……でも、ぼくにはできそうにない」

「まだ、何も経験していないじゃないか、ワタルは」

昼休みの終わりを告げるチャイムが鳴った。

「……もういいよ……とにかく、こんな自分から抜け出したいんだよ」

声のトーンが一気に下がった。

「もうこれ以上は無理なんだ」

ワタルは血みどろの幸平の方を見た。そして無邪気に笑った。それはスポーツ飲料水のコマーシャルに使えるような爽やかですばらしく明るい笑顔だった。

幸平は固まった。

「今まで、いろいろありがとう」

最後に透き通るような声でワタルが言った。

「まず、校長先生のお話の前に、前回の集会のときに、みんなに不快な思いをさせた小林ワタル君に謝罪してもらいます。これは彼を責めるためのものではありません。集団行動をしていく中で、何があってもやってはいけないことがあります。

目上の人、さらにその属している集団の長に対して無礼な言動は許されないことです。これは君たちが社会に出れば当たり前のことです。もちろん、いろんな気持ちがあったと思います。しかし、どんなときでも自分をコントロールできる人間になってほしいと先生は思っています。そういう意味で今日は小林ワタル君の再出発の日として位置づけて欲しいと思います」

正面の教壇の上で堂林が言った。その右端には上川がスーツ姿で立っていた。

こめかみがうずいていた。身体が火照りだして、うなじをしたたる汗の感触が生き物のようだった。堂林の話はまだ続いていた。箸にも棒にもかからないどうしようもない人間だけが先生になる。そんな格言があるのではないか、と谷垣は思った。

生徒たちは左右に三列ずつに分かれ、中央に通路を設けるようにして、全部で六列に並んで座っていた。ワタルは左から三番目の通路側の席の最後部に座っていた。そして身体をやや傾けて話を聴いていた。他の生徒も行儀よく話を聴いていた。生徒たちが座っている左右と背後に職員らが立っていた。

後ろから見ていた谷垣にはその風景がなぜかもの凄く不自然に映った。

アウシュビッツってこんな感じだったのではないだろうかと思った。なぜだかわからない。ただ大教室に集められて、座らされている生徒たちの背中を眺めていると、そう思ったのである。

これからガス室に放り込まれるユダヤ人に、表向きは作業場への移動だとしながら話をしていく。従うしかない彼らは言われたとおりに動き出す。やがて窓のないコンクリートの建物の前に連れて行かれて、まずこの中でシャワーを浴びてもらうから順番に入ってくれという。気力も体力もないから、言われるとおりに動くしかない。全員が入った後に鉄の扉が閉じられて、モーターが回る音がし始めて、ガスが注入される。

残酷という形容詞では軽すぎる。殺戮された数百万人ものユダヤ人の魂は教科書ではわずか一行にも満たない。われわれの知識とはその程度のものでしかない。

きっと不登校についてもそうだ。学校に行けなくなって、エスペランサにやってきて、少しずつ集団に馴染んでいく。それを成長と表現しているが、本当に成長しているのか、本当に彼らにとってプラスになっているのか。もしも教員側だけの満足度で決めているとすれば……。

いま、この瞬間も学校に通っている生徒たち、一見すると彼らは普通に見える。しかし中には学校や先生に背を向けたくてもできない生徒もいるだろう。そういった生徒は想像以上にたくさんいるのではないだろうか。彼らは不登校になった仲間たちを見て腹の奥で羨ましいと思い、繰り返されるつまらない毎日に作り笑いを浮かべて従うしかない。できるものならここから出て行ってみたい、と願いながら普通を装っている。

実はそんな生徒たちこそ救われないのではないか。小田は変わらなければならないのは学校であり教員の方だと語っていた。谷垣はその意味がわかる気がした。

強烈な悪寒がした。

少なくともいま目の前に座っている生徒たちのためにずっと汗をかいてきた。その気持ちはとてもピュアなもので私利私欲とは無縁のものだった。すべては信仰に近い行動であり、奉仕であって、決して収入を当てにした労働ではなかったはずだ。

そんな自分はいったいどこに行ってしまったのか。この先、自分と妻と生まれてくる子どもを守るために、ホロコーストの臭いがする職場で働いていく自分とは何ものなのだろうか。

教師とはこういうものだ、学校とはこういうものだ、という固定観念に縛られてしまい、意志とは関係なく子どもの可能性を潰している。力になりたいという気持ちがあるにもかかわらず、結果はその逆になってしまう。

教育には巨大な黒い副作用がある。上川にしても、堂林にしても、そして自分にしても生徒を救いたい気持ちは同じだ。ただその気持ちがすんなりと結果に表れてこない。表れたとしても、思い描いていたものとまったく逆の現実をもたらしてしまうことがある。

小田が言った通り、これは立派な犯罪だ。

結果が伴わないことに目を向けず、言い訳を並べて、いつも教員は自分たちを正当化する。決して血まみれの刃物を持った恐ろしい犯人がいるわけではない。けれども、何の自覚もない内に、学校や教育委員会そして教師が、揃いもそろって立派な加害者になっている。たとえ生徒が悲惨な結果になったとしても、カメラの前で並んで頭を下げたらそれ以上は何もない。いざとなれば、誰かひとりに責任を押し付けてしまえばそれで終わる。そんなシステムを疑いながらも、変えようとしない。

これはもう、猟奇よりも猟奇的である。

「じゃあ、小林君、前に来てくれるかな」

堂林が言った。上川がその声にあわせて教壇の上に立った。

一息の間があってワタルは立ち上がった。両肩を落として、のっそりと立ち上がる姿はまるで重い伝染病にかかっているかのようだった。だぶだぶのジャージの裾が床にだらしなく垂れている。

二、三歩進んだところでワタルが急に立ち止まった。右手をポケットに入れた。みんながワタルに注目した。

　ワタルはそこでひとつ大きく深呼吸をした。そして意を決したかのように、その場で背筋をピンと伸ばして姿勢を正した。おもむろにポケットから出した右手は何かを持っていた。ワタルは大またで歩きだした。その顔にはあの無邪気な笑みが浮かんでいた。

　谷垣にはワタルの右手がきらりと光るのが見えた。とたんに全身が痺れて、頭の奥で何かがはじけた。猛烈に熱くなったと思ったら、身体が動き出した。

　谷垣にはワタルしか見えなかった。いま、俺ができることをすればいいのだ、この不器用な少年を助けてやりたい、誰も信用できないこの子の力になってやりたい。理屈はいらない、俺が担任なのだ、俺は教師なのだ。そして小林ワタルは俺の大切な生徒なのだ。

　谷垣は座っている生徒たちの隙間をぬってワタルに向かっていった。声がでなかった。麻由美の顔が浮かんだ、その胸には小さな命が抱かれていた。

　ワタルは視線をずらさないまま突き進んでいった。

「小林君、どうしたんだ」堂林の声にもまったくワタルは反応しない。ただまっすぐ教壇に向かって進んでいった。みんなが慌てだした。

「ええぞ、ワタル」

突然、小田がものすごい大声で叫んだ。

電気が走ったように全員の背中がビクッと震えて、すべての動きが止まった。ワタルも雷に打たれたようにその場で立ち止まって小田を見た。すっと笑みが消えた。

「ワタル、お前は大丈夫や」

小田はさらに大声で叫んだ。谷垣がすぐにワタルのそばに駆け寄った。そして握られていた彫刻刀をすばやく奪いポケットに押し込んだ。まともに刃を握った右手に痛みが走った。流れ出した血を見られないように谷垣は右手をポケットに入れたままだった。

ワタルはその場で弱々しい目を谷垣に向けた。

「大丈夫だ、ワタル、お前の後ろには俺がいる、必ず俺が守ってやるから」

ワタルはその場でぶるぶると震えたかと思うと、大声を上げて泣き始めた。そして谷垣にしがみつくとその場にしゃがみ込んだ。嗚咽を漏らしながら、ごめんなさいと、ワタルは叫び続けた。

「よっしゃ、よう謝った」

小田が拍手をし出した。若手の教員たちもそれに続いた。座っていた生徒たちも手を打ち始めた。拍手は続いていた。その中でワタルは谷垣にしがみついたまま、泣きながら大声で謝り続けていた。

了

著者プロフィール

平塚 保治（ひらつか やすじ）

1961年生まれ。京都市出身。

和食の板前、塾講師として働いたのち、37歳から５年間、ポルトガルに滞在。2003年に帰国。現在に至る。

著書に、『おーい、モモ松！』（2021年、風詠社）、『影なき明日に向く』（2022年、風詠社）

狂育者たち

2023年11月15日　初版第１刷発行

著　者　平塚 保治
発行者　瓜谷 綱延
発行所　株式会社文芸社
〒160-0022　東京都新宿区新宿１－10－１
電話　03-5369-3060（代表）
03-5369-2299（販売）

印刷所　株式会社暁印刷

©HIRATSUKA Yasuji 2023 Printed in Japan
乱丁本・落丁本はお手数ですが小社販売部宛にお送りください。
送料小社負担にてお取り替えいたします。
本書の一部、あるいは全部を無断で複写・複製・転載・放映、データ配信することは、法律で認められた場合を除き、著作権の侵害となります。

ISBN978-4-286-24706-9